오늘 서강대교가 무너지면 좋겠다

오늘
서강대교가
무너지면
좋겠다

김선영 지음

유노
북스

최선을 다하는 일이
무의미하지 않다는 믿음

늦잠을 자고 일어나 느릿느릿 거실로 나간다. 바닥에 요가매트를 펼친다. 따스한 햇살을 맞으며 가볍게 몸을 푼다. 샐러드로 간단히 아침 겸 점심을 해결하고 커피를 내려 내 방으로 출근한다. 물론 헐렁한 잠옷 차림이다. '오늘은 무슨 글을 써 볼까' 행복한 고민 시작이다.

드라마 속 한 장면이 아니다. 내 생에 이런 날이 올 줄이야! 최근 일 년처럼 몸과 마음이 가뿐했던 날이 또 있을까. 십삼 년 동안 방송작가로 살았던 나는 그 어렵다는 전업 작가에 도전 중이다.

어딘가에 소속되어 있지 않다는 건 불안하면서도 짜릿하다. 내가 하고 싶은 일을 하고 살려면 얼마나 많은 노력이 필요하고 위험 부담이 큰 지 알고 있기 때문이다. 하지만 그 불안이 나를 좀 더 견고하고 촘촘하게 만들었다. 몇 달 전부턴 내 이름으로 글쓰기 강의와 매일 글쓰기 모임을 시작했다. 비로소 내 삶을 사는 듯하다.

방송작가로 사는 내내 불안에 시달렸다. 살얼음판 같은 방송계는 무엇 하나 뚜렷한 일이 없었고 툭 하면 엎어져 마음을 놓기 힘들었다. 주말이나 명절에도 당연하게 출근했고 휴가를 떠나려면 일을 그만둬야 했다.

생방송 전날이나 원고를 써야 하는 날은 어김없이 밤을 샜다. 잠을 못 자고 새벽이 되면 가슴이 두근거렸는데, 또다시 잠을 몰아내려고 쓰린 속에 커피를 부었다. 세상에서 가장 중요한 건 방송이고, 안 되는 일은 무조건 되게 만드는 게 나의 업이라고 생각했다.

시간에 쫓겨 사는 사람은 몸과 마음이 아플 수밖에 없다. 매일 아침 눈을 뜨면 "이렇게까지 살아야 해?" 한탄하며 출근길에 올랐다. 서강대교를 건너는 버스 안에서 이 다리가 와르르 무너져 버렸으면 하는 상상을 하며, 누군지 모를 이들에게 분풀이도 했다.

물론 십 년 넘게 몸담았던 일을 그만두겠다고 마음먹기까지 쉽지는 않았다. 이제 와서 무슨 일을 다시 시작해야 할지 막막했고 두려웠다. 하지만 전환점이 필요했다. 참기만 하는 인생은 너무 불쌍했다. 위에서 만들라고 주문하는 콘텐츠가 아닌 내 콘텐츠를 만들어 보자는 생각에 이르렀다.

소재는 고민할 필요도 없지 않은가. '나의 방송작가 이야기'만 써도 에피소드가 한 보따리는 나올 테니! 게다가 현직에 있으면 하기 불편한 이야기도 편하게 털어놓을 수 있는 입장이 됐으니 말이다. 일 년 전 브런치에 시작한 연재 글이 결실을 맺어 이 책으로 태어났다.

막상 출판사의 제안을 받고 나니 겁이 났다. 방송작가 시절 고통스러웠던 기억까지 나도 모르게 아름답게만 편집하면 어떡하지 하는 우려에서였다.

그렇게라도 하지 않으면 나의 지난 세월을 모두 부정하는 셈이니까. 지나고 보니 다 좋은 추억이었다는 식의 결론은 원치 않으니까. 백지를 마주할 때마다 머뭇거렸고 체한 듯 갑갑했다.

하지만 하나하나 기억을 떠올리며 글을 쓰는 동안 나는 자주 흐뭇했다. 점점 안심이 됐다. 끔찍했던 기억은 여전히 끔찍했고, 행복했던 기억은 여전히 행복했다. 놀랍게도 그 안에는 크고 작은 의미가 숨어 있었다. 그때의 내가 없었다면, 지금의 용기 있는 내가 없었다는 걸 깨달은 것이다.

애증의 방송 일이 나를 키웠고, 홀로 서겠다는 결심 역시 그 덕분이었다. 그때의 나보다 지금의 내가 훨씬 더 멋지다. 지난날 최선을 다했던 나를 칭찬해 주고 싶다.

평생직장 개념이 사라졌다. 현재 하는 일을, 잠시 거쳐 가는 정류장으로 취급하거나 삶과 떨어뜨려 밥벌이 도구로만 보기도 한다. 그래서 일에, 직장 생활에 온전히 애정을 쏟기 힘들다. 끝을 아는 연애처럼 공허하다고 할까.

그럼에도 주어진 현실에 최선을 다하는 일은 결코 무의미하지 않다고 믿는다. 그 과정에서 조금씩 성장하고 깊어질 테니. 마침내 마음에 쏙 드는 나의 진면모를 발견할 테니.

내가 지금 불안한 건 일에 애정을 품고 최선을 기울이고 있다는 뜻일지도 모른다. 물론, 누가 내게 다음 생에도 방송작가를 하겠냐고 묻는다면 멱살부터 잡겠지만!

힘들었던 지난날에도 벅차오르는 순간들이 곳곳에 스며 있었음을 인정한다. 결코 스쳐 지나간 정류장이 아니었다. 멈춰선 자리마다 꽃이 흐드러졌고 열매가 영글었다.

나의 일에 몰입하고 집착할 수 있었던 건 큰 행운이었다. 당신도 그 행운을 꼭 찾고 붙잡길 바라며 이 책을 썼다.

김선영

목차

5부 이제는 나를 챙기면 좋겠다

1부

부디 용기를 내면 좋겠다

우연히 발을 들인
멋없는 시작일지라도

나는 관심종자다.

지금도 그렇고 예전에도 그랬으며 앞으로도 그럴 가능성이 농후하다. 달라진 게 있다면, 굉장히 겁 많고 소심했던 관심종자가 겁 대가리를 상실한 관심종자로 진화했다는 것. 얼마나 관심이 고팠으면, 사람 상대하는 일이 주 업무인 방송작가를 겁 많고 소심한 성격으로 꾸역꾸역 십삼 년이나 했다.

현재는 방송작가 일을 중단한 상태다. 아니 영영 돌아가지 않을 확률이 높다. 그래도 관심은 받아야 했기에 내 이야기를 쓰고, 더 많은 관심을 받고자 책까지 내기로 결심했다. 관심종자와 방송작가가 무슨 관련이 있는지부터 빨리 설명하라는 원성이 귓가에 들리는 듯한데, 차분히 내 이야기를 한번 들어 보라. 나의 선택은 나름 합리적이기까지 하다(고 믿는다).

학창 시절, 나는 내 이름만큼이나 평범한 학생이었다. 뼛속까지 문과생인지라 고등학교 입학과 동시에 수학과 과학을 깨끗이 포기했다. 나름 선택과 집중이랄까. 포기하고 나니 오히려 편했다.

좋아하는 국어 과목에 집중할 수 있었고 성적도 괜찮았다. 그렇다고 문학소녀라거나 '덕후' 수준으로 장르소설을 많이 읽는 건 또 아니었다. 그저 누군가 장래희망을 물어보면 국어 선생님이 되고 싶다고 말했을 뿐이다. 사실은 글을 쓰고 싶었는데, '작가'는 아무나 될 수 없다고 생각했다.

'열심히 공부하면 국어 선생님은 될 수 있겠지' 하는 순진한 착각은, 수능 점수에 맞춰 학과를 고르는 바람에 산산이 깨져 버렸다. 뒤늦게 국어국문학과를 복수전공으로 시작했지만 교육대학원이니, 임용고시니 까마득한 앞날을 그려 보니 자신이 없었다.

나의 장점이 무엇인가! 아니다 싶으면 포기가 빠른 것. 이제 와 깨달았지만 국어 교사로 가는 험난한 길이 두려워 방송계로 향한 나의 선택은, 똥이 무서워 피하다가 똥밭으로 굴러 들어간 꼴이었다.

부랴부랴 글과 관련된 직업을 찾다가 우연히 '편집자'를 발견했다. 책을 만드는 직업이라니 매력적으로 보였다. 기초부터 배우려고 출판아카데미에 등록했지만, 얼마 다니지 못하고 빠른 포기 수순에 들어갔다.

이십 년 넘게 출판 편집자로 있다는 현역 강사님 말은 그야말로 충격이었다.

"여러분, 편집자는 작가를 돋보이게 해 주는 직업이지, 본인이 빛나지 않아요. 주목받고 싶으면 작가를 하세요."

'뭐? 내가 주목받지 못한다고?'

강사의 말이 오랫동안 내 마음속을 서성였다. 나는 내가 노력한 게 티가 나야 하는 사람인데, 그렇지 않으면 억울해서 잠도 못 자는 사람인데, 그건 좀 곤란했다. 나서는 건 죽어도 싫어하는 주제에 돋보이고는 싶었다.

겁 많은 나에게 '관심종자' 기질이 숨어 있었을 줄이야. 그렇다, 송충이는 솔잎을 먹듯 관심종자는 관심을 먹고 살아야 한다. 처음 발견한 내 모습이 낯설었지만, 어쩌겠는가 운명에 따르는 수밖에.

그런데 걱정이 생겼다. 웬만큼 뛰어나지 않고서는 '글로 밥 벌어 먹고 살기 힘들다'는 건 초등학생도 아는 현실 아닌가. 순수창작으로 뛰어들기에는 위험부담이 컸다.

당시 나이 스물넷, 왜 그리도 겁이 많았을까. 진심으로 원한다면 한 번쯤 패기 있게 도전해 볼 법도 했다. 글 쓰는 일은 하고 싶고 관심도 받고 싶은데, 위험하고 불확실한 일은 싫다니 깐깐하기도 하셔라.

스스로 합리적이라고 믿어 의심치 않았던 관심종자는, 먹고사니즘을 해결할 수 있는 작가를 찾아보다가 '방송작가'를 우연히 발견했다. 2007년, 나는 치약 짜듯 용기를 짜내 방송작가 세계로 들어가는 지옥문을 두드렸다.

나의 시작은 멋없다. 방송작가라고 하면 오래전부터 간절히 바라온 꿈을 이룬 사람처럼 오해받을 때가 있는데, 전혀 그렇지 않다. 하고 싶은 일을 추구하되, 현실과 적당히 타협했다. 이곳저곳 기웃거리다가 우연찮게 발을 들인 것뿐이다.

삶은 수많은 우연으로 흘러간다. 내가 방송작가를 시작한 것처럼, 당신이 지금 그 일을 하고 있는 것도 우연에서 시작했을 확률이 높다. 우연을 운명으로 만들기 위해 우리는 아등바등 살고 있는지도 모른다.

버티는 것도
그만두는 것도 용기다

출판계 교육기관으로 '출판아카데미'가 있다면, 방송계에는 '방송아카데미'가 있었다. 지상파 3사 아카데미를 필두로, 크고 작은 아카데미에서 방송 예비인력을 육성했다.

그곳에 가면 방송인의 자질과 어떤 일을 하는지 배울 수 있다고 하니, 아무래도 나 같은 비전공자에겐 필수코스인 듯했다. 무엇보다 아카데미 강사들은 현직 방송작가인 경우가 많아, 인맥이 중요한 방송계에서 취업 알선이 가능하다는 점이 끌렸다.

문제는 비용이었다. 육 개월 교육비가 대학 등록금에 맞먹었다.

그동안 알바를 해서 모은 돈으로는 턱없이 부족했다. 부모님께 손을 벌리고 싶지 않아 저렴한 곳이 있는지 뒤져보았다. 지상파 3사는 아니지만, 집에서도 가깝고 교육비도 상대적으로 저렴한 사설 아카데미가 있었다.

　방송아카데미 수업 첫날, 설레는 마음으로 신촌에 있는 한 낡은 건물로 들어갔다. 어릴 적 다니던 속셈학원 정도의 규모였다. 건물 크기만큼 인원수도 조촐했다. 나는 다큐멘터리작가가 되고 싶었으므로 교양작가 반을 지원했다.

　역시 교양프로그램은 인기가 없는 모양이다. 예능작가 반 인원은 스무 명 가까이 됐지만, 교양작가 반을 지원한 동기는 일곱 명밖에 되지 않았다. 산후조리원 동기처럼 아카데미 동기가 그렇게 소중하다던데, 동기가 너무 적어서 아쉬웠다.

　수업은 마음에 쏙 들었다. 현직에 있는 작가와 피디가 방송 제작 과정을 세세하게 가르쳐 주었고, 방송계 뒷이야기를 듣는 재미도 쏠쏠했다. 모니터안, 아이템안, 촬영구성안 쓰기 등 매주 과제를 내 주었다. 출판아카데미를 다녔던 때와는 다르게 의욕이 활활 타올랐다.

　하지만 모두 나와 같진 않았나 보다. 몇 주가 흐르자 그만두는 동기들이 생겼고, 과제를 해 오지 않는 친구도 있었다. 나는 다섯

명 남은 기수 중, 자연스레 모범생 축에 들었다.

강사님이 과제를 꼬박꼬박 잘해 오고 수업을 잘 따라오는 나를 눈여겨보는 게 느껴졌다. '그래! 이렇게만 하면 나도 조만간 막내 작가(올바른 명칭은 취재작가, 현실감을 살려 막내작가로 표기했다)로 취업할 수 있겠지!' 드디어 길이 보이는 듯했다. 하지만 취업 소식을 가장 먼저 알린 사람은 나보다 한 살 어린 동기 세영이었다.

"와, 너 어떻게 들어간 거야? 샘이 소개해 주셨어?"

"언니, 나 신방과(신문방송학과) 나왔잖아. 아는 선배가 막내 자리 났다고 알려 줘서 지원했어. 내일부터 당장 나오라 하네."

"야아 부럽다, 무슨 프로그램인데?"

방송계 취업은 팔 할이 인맥이라는 말이 사실로 증명되는 순간 이었다. 세영이가 들어간 외주제작사는 지상파 짧은 꼭지를 꽤 오랫동안 만들어 온 곳이라고 했다. 그러니 프로그램이 없어질 걱정도 없고, 꼭지가 짧으니 서브작가 입봉까지도 노려 볼 수 있을 것이다. 나는 수업 과정이 절반밖에 지나지 않았는데도 괜스레 마음이 조급해졌다.

"페이는 얼마 준대?"

"좀 짜더라구. 육십."

"뭐?"

세영이가 어쩔 수 없었다는 표정을 지었다.

지금도 심각하지만 당시는 더 했다. 막내작가의 급여는 말 그대로 '열정페이'. 한 달에 팔십만 원이 평균이었다. 차비, 밥값을 따로 챙겨 주는 제작사조차 거의 없었다. 자취라도 하게 되면 수중에 남는 돈은 0원, 아니 마이너스가 되는 게 막내작가의 현실이었다.

대충은 들어 알고 있었지만, 월 육십만 원을 받고 일하게 됐다는 세영의 이야기를 들으니 꽤 당황스러웠다. 더욱 당황스러웠던 건, 그럼에도 불구하고 취업을 한 세영이가 부러웠다는 점이다.

페이는 적어도 일하고 싶은 사람은 넘치는, 웃픈 2007년 방송계의 민낯이었다(선배들에게 들은 바, 1997년에도 막내작가의 페이가 엇비슷했다고 한다. 십 년 넘게 동결이었던 셈).

세영은 취업을 했으니 더 이상 의미가 없게 된 방송아카데미를 그만두었다. 그 후로는 바쁜지 연락이 잘 되지 않았다. 두 달 만에 겨우 시간을 맞춰 만난 세영은 취업 소식을 알릴 때와 달리 표정이 어두웠다. 뽀얗던 얼굴이 온통 여드름으로 가득했고 어깨는 휘어진 옷걸이처럼 축 처져 있었다.

"일은 할 만해?" 나는 조심스럽게 그녀의 안부를 살폈다. "언니, 나 진짜 힘들어." 서러운 얼굴에서 눈물이 뚝뚝 떨어졌다. 어떻게 달래야 할지 몰라 일단 휴지부터 들이밀었다.

"왜 그러는데. 사람들이 괴롭혀?"

"언니. 나 얼마 전에 버스에서 쓰러져 구급차로 실려 갔어." 한참을 머뭇거리던 그녀의 이야기는 내 귀를 의심할 정도였다.

"일 시작하고 두 달 동안 하루도 못 쉬었어. 열 시에 출근해서 밤 열두 시 막차 타고 집에 오는데, 집에서도 계속 아이템 찾느라 잠도 거의 못 자고. 이게 데일리 방송인데 막내가 나밖에 없잖아. 꼭지가 짧으니까 원고도 다 내가 쓰고 메인작가님은 검수만 하셔. 그래도 그건 배우는 과정이라고 쳐, 매일 화장실 청소까지 내가 다 한다니까."

"엥? 화장실 청소?"

"회사가 작아서 따로 청소하시는 분이 없더라고. 나 들어오기 전에도 막내작가가 화장실 청소까지 다 했대. 남자 화장실 휴지통까지 내가 비우는데 진짜 아침마다 토할 거 같아."

"야, 그건 너무 심하다!"

밤낮없이 부리고 화장실 청소까지 시키면서 월 육십만 원을 주다니 악덕 중에 이런 악덕이 또 있을까. 몸이 부들부들 떨릴 정도로 화가 났다. 문제는 대표란 작자였다.

"대표가 완전 사이코야. 아침마다 커피 대령하라는데 맛이 별로라는 둥 화장 좀 하고 다니라는 둥 별 이상한 걸로 생트집 잡고. 알고 보니 이 바닥에서 유명한 사람이더라. 유리 재떨이 있지, 뭐 때문에 화가 났는지 그걸 피디한테 던지는 걸 봤어. 진짜 간발의 차이로 비껴갔는데 하마터면 머리 맞을 뻔했다니까. 커피 들고 들어갔다가 놀라 가지고…."

기가 막혔다. 누구보다 일찍 막내작가로 취업한 그녀가 마냥 부러웠었다. 그런데 드라마 속에서만 보던 말도 안 되는 상황을 겪고 있었을 줄이야.

지금이야 당연히 신고감이지만, 당시만 해도 방송계는 계약서 한 장 없이 일을 시작하고 최저임금법조차 유명무실했다. 업계 바닥은 좁고 입소문이 빠르다 보니, 부당한 일을 당해도 쉬쉬하는 분위기였다.

그래도 참을 일이 따로 있었다. 나는 당장 때려치우라고 설득했지만, 세영은 난처한 표정을 지었다.

"아직 일한 지 두 달밖에 안됐는데 소문 안 좋게 날까 봐. 그래도 육 개월은 채워야 하지 않을까 싶어서."

안타까웠지만 그녀의 뜻이 그렇다면 더 이상 말릴 수 없었다. 어렵게 들어간 자리를 어떻게든 지키고 싶었을 것이다.

그 후 또 소식이 뜸했고 한 달을 꾸역꾸역 더 버틴 세영은 결국 일을 그만뒀다.

그곳에서 세 달을 버틴 막내작가는 세영이가 처음이라는 소리도 들었다. 그리고 얼마 후, 그녀가 방송작가의 꿈을 접고 공무원 준비를 한다는 소식을 들었다.

지금이라면, 어떻게든 그녀가 악의 구렁텅이에서 빠져나오게끔 발 벗고 나섰을 것이다. 비슷한 상황에 처했었던 작가 친구들에게 조언을 구해 신고 기관이라도 알려 줬을 것이다.

하지만 당시엔 나도 아무것도 모르는, 그저 취업에 목마른 신분이었다. 솔직히 믿고 싶지 않았다. '운이 없었을 뿐이야, 다 그렇진 않을 거야'라며 스스로를 세뇌시키고 현실을 부정하기에 바빴다.

지금쯤 삼십 대 중반이 되었을 세영이, 공무원 일을 하고 있을까. 공무원이 되지 못했더라도, 끔찍한 환경 속에서 어떻게든 버텨 보려고 애쓰고 용기 있게 결단한 그녀라면 분명 원하는 자리에서 원하는 일을 하고 있을 거라 믿는다.

　일을 하다가 가끔 세영이가 떠올랐다. 그녀가 겪었던 일이 단순히 운이 나빠서가 아니었다는 점을 깨달았기 때문에. 그녀의 아픔을 남의 일이라 눈 감았던 내가 한없이 작고 부끄럽게 느껴졌다.

첫 면접의 애타는 심정을
기억하는지

날카로운 첫 키스의 추억만큼은 아니더라도, 사회에 발을 들이는 첫 면접은 누구나 쉽게 잊지 못할 것이다. 나 역시 마찬가지. 문을 열고 들어섰을 때의 낯선 공기, 사무실 책상 위치 하나하나까지도 그림으로 그릴 수 있을 만큼 생생하다.

지상파 아닌 작은 방송아카데미에 다닌 게 문제였을까, 생각처럼 취업 연결이 잘 되지 않았다. 강사님은 열심히 알아보고 있으니 조금만 더 기다려 보라며 미안해하셨다. 언제까지 기다리고만 있을 수 없어 직접 이곳저곳 이력서를 내며 문을 두드렸다.

간절한 마음이 통한 걸까! 드디어 한 외주제작사에서 면접을 보러 오라는 연락이 왔다. 그토록 바랐던 휴먼다큐프로그램의 막내 작가 자리였다.

"내일이요? 네네! 가야죠, 그 시간에 갈 수 있어요."

날짜와 시간은 맞추면 된다. 친구와의 약속을 황급히 취소했다. 어렵게 잡은 기회를 절대 놓칠 수 없었다. 하지만 반가움도 잠시, 걱정이 불쑥 고개를 내밀었다. 입고 갈 옷이 마땅치 않았던 것이다.

제대로 된 면접은 처음인데다 방송 일을 하는 사람들은 편하게 입는다는 얘기를 들어서 더욱 고민이 됐다. '그래도 면접인데 정장을 입어야 하나.' 청바지와 정장을 놓고 한참을 고민하다가 결국 청바지를 택했다. 아무래도 나다운 게 나을 것이다.

지금에 와서 하는 말이지만 캐주얼하게 입은 건 현명한 선택이었다. 아주 가끔 검정 슈트를 빼 입고 조연출이나 막내작가 면접을 보러 오는 신입이 있는데, 외주제작사 내부에서는 떠들썩할 정도로 엉뚱하고 우스운 일이다.

알아주는 길치라 한 시간 여유를 두고 출발한 게 다행이었다. 버스를 잘못 내리는 바람에 홀로 여의도 여행을 하다가 면접 시간에 겨우 맞춰 도착했다.

문을 열고 기척을 했지만 아무도 낯선 이에게 관심을 주지 않았다. 제법 규모가 있는 프로덕션인지 내부가 꽤 넓었고 팀마다 파티션도 있었다. 다들 컴퓨터 앞에서 전화기를 붙들고 있어 누구에게 말을 걸어야 할지 난감했다.

"저, 막내작가 면접 보러 왔는데요." 나는 문 앞에 가장 가까이 앉아 있는 또래의 여자에게 말을 건넸다. "어느 프로그램이세요?"

여자가 나를 사무실 안쪽으로 안내했다. 인상 좋은 한 남자가 하품을 하다가 나를 발견하고는 못 볼 걸 본 양 깜짝 놀랐다. 아무래도 오늘 면접이 있다는 사실을 잊고 있는 듯했다.

"아, 벌써 시간이 이렇게 됐네. 어디 보자 공간이~ 마땅히 공간이 없구나~"

남자는 '편집실'이라는 푯말이 붙어 있는 문들을 하나씩 열어 보더니 겨우 빈 방 하나를 찾았다. 간신히 두세 사람이 들어갈 만한 공간이었다.

코를 찌르는 담배 냄새가 깊게 배어 있었고, 모니터 앞에는 담배 꽁초로 가득 찬 종이컵이 놓여 있었다. 인상 좋은 남자가 피디라고 적힌 명함을 건넸다.

"메인작가가 지금 자리를 비워서요. 내가 팀장인데, 아 명함이 아직도 피디로 되어 있네. 얘네는 몇 번을 말했는데 명함을 안 바꿔줘~"

인상과는 다르게 짜증이 퍽 많은 성격인 듯했다. 사회 초년생인 나는 당시 직급 체계를 알 턱이 없었다. 방송계는 일반 회사와 조직 구성이 다르다 보니 대리, 과장, 부장 등의 진급 순서를 알게 된 것도 한참 후에나 일이다.

그의 짜증에 '팀장이 더 높은 건가? 피디가 더 좋은 거 아닌가, 왜 저러지?' 하고 의문을 품었던 것 같다. 메인작가는 결국 오지 않았고, 피디인지 팀장인지 정체 모를 그가 면접을 진행했다.

대기업에서는 압박 면접이니 임원 면접이니 복잡하고 힘들다고 들었는데, 막내작가 면접은 이래도 되나 싶을 정도로 간단했다.

"이 프로그램에 왜 지원했죠?"
"프로그램 모니터했어요?"
"방송 보니까 어떻던가요?"
"평소 본인 성격이 어때요?"
"술은 잘 마셔요?"

'술 잘 마시는 건 왜 묻지? 못 마시면 떨어질 수도 있는 건가.' 나는 술에 약한 편이었지만, 분위기를 맞출 정도는 마신다며 '예상 정답'을 말했다. 떨리는 마음을 가라앉히고 물음에 최대한 충실하게 답했다.

십 분이나 흘렀을까. "오느라 고생했어요, 내일 연락 줄게요." 쿨내를 풀풀 풍기며 사라지는 '조 피디 팀장'.

그렇게 일주일 같은 하루가 지나고 이틀이 지났는데도 소식이 없었다. 나는 연락이 두절된 남자친구를 기다리는 심정으로 휴대폰을 꼭 쥔 채 일 분에 한 번씩 확인했다. 혹시 고장난 건 아닌지, 집 전화로 내 휴대폰에 전화도 걸어 봤다.

별의별 생각이 다 들었다. '내가 무슨 말 실수라도 했나? 나올 때 인사를 90도로 했어야 하나. 술 없이 못 사는 술고래라고 할 걸!'

어렵게 잡은 기회를 놓친 건 아닌지 애간장이 녹는 것만 같았다. 분명 면접 분위기가 나쁘지는 않았다. 대답도 충실히 했다. 아무리 생각해도 떨어질 이유가 없었다. 결국 용기를 내어 조 팀장의 명함을 꺼내 들었다.

"저, 그저께 막내작가 면접 본 김선영인데요, 기억하시는지. 어제 연락을 주신다고 했는데 전화가 없으셔서요."

"아, 기억하죠. 안 그래도 이따가 전화하려고 했는데. 다음 주 월

요일 열 시까지 오세요. 너무 바로 연락하면 없어 보일까 봐 그랬지. 뭐 그렇다고 본인이 직접 전화까지 해요? 하하하!"

'뭐, 하하하?'

아오 누구 놀리나, 화통한 그의 웃음소리에 천불이 났다. '없어 보일까 봐가 아니라 깜박하신 거겠죠!'라는 말이 목구멍까지 올라왔지만 꾹 삼켰다. 구직자의 애타는 심정을 배려하지 않은 그에게 조금 서운했지만, 아무래도 합격의 기쁨이 훨씬 더 컸으니까.

"정말요? 감사합니다! 다음 주에 뵐게요!"

쫄깃한 밀당 끝에 방송작가 생활을 시작했다. 밀당은 연애뿐만이 아니라 사회 생활의 필수 기술이었다. 좋다고 덥석 좋은 티를 내서도 안 됐고, 마음에 안 들어도 만약을 대비해 섣불리 내쳐서는 안 되는 일이 많았다. 면접이라고 다르지 않았을 것이다.

사정이야 어쨌든 아무 경력도 없는 내게 기회를 주셔서 감사했다. 막내작가 일이 너무 지쳐서 포기하고 싶을 때면, 직접 전화까지 해서 확인했던 첫 면접 합격 소식을 떠올리곤 했다. 얼마나 설레고 부풀었던가!

기다리는 입장은 늘 불안하다. 나의 작은 실수가 혹시 일을 그르칠까 봐, 상대방의 침묵이 혹시 부정적인 징조는 아닐까 하는 걱정은 제 몸을 굴려 눈덩이처럼 불어난다.

반면, 선택하는 입장은 늘 여유로워 보였고 그래서 부러웠다. 하지만 세월이 흘러 메인작가가 되고 입장이 바뀌어 보니 꼭 그렇지만은 않았다. 자신의 선택에 책임을 져야 하니 거듭 확인이 필요했고, 행여 '없어 보이진 않을까' 하는 고민까지 해야 하니 여러모로 피곤한 인생이다.

그럼에도 기다리는 입장보다 선택하는 자리에 놓이고 싶은 게 사람 마음이다. 하지만 항상 기다리기만 하고 항상 선택하기만 하는 사람은 없다. 살면서 우리는 다양한 관계 속에 놓이고 관계는 언제든지 뒤바뀔 수 있다.

그러니 기억하자, 나의 세심한 말 한마디가 누군가의 눈덩이 같은 불안을 사르르 녹여 준다는 것을. 얼마나 가성비 좋고 뿌듯한 일인가.

조 팀장은 십삼 년 전 나의 첫 면접을 기억이나 할까. 여전히 깜박깜박하고 호탕하게 웃을까. 그때 그가 나를 뽑아 주지 않았다면 내 인생은 어떻게 바뀌었을까.

매사에 열정적이면
옥상에 불려 간다

나는 십삼 년 동안 모든 회차를 챙겨 봤을 정도로 〈무한도전〉
의 광팬이다. 한 번만 본 에피소드가 없을 정도다. '코로나19'로 본
의 아니게 감금 생활을 하는 요즘도, 종종 최신 예능 대신 유튜브
로 '무도'를 보며 배꼽을 잡는다.

내가 가장 좋아하는 에피소드 중 하나가 '무한상사' 시리즈다. 무
도 멤버들이 각각 인턴, 대리, 과장, 부장 등의 직급을 맡고 가상의
직장 생활을 하는 콩트인데 캐릭터들이 뚜렷하다.

특히 정준하가 맡은 '정 과장'은 나의 최애 캐릭터다. 감나무에서

떨어져 능력을 잃은 만년 과장 정 과장은, 심각한 회의 도중에도 점심부터 먹자고 나서서 상사의 눈살을 찌푸리게 만드는 인물이다. 한마디로, 사회 생활 눈치라고는 전혀 찾아볼 수 없다.

실제로 직장에서 정 과장처럼 행동한다면 살아남기 어려울 것이다. 그런데 난 그 캐릭터가 그렇게 사랑스럽다. 밟으면 밟을수록 일어서는 잔디 같다고나 할까.

주변 눈치를 보지 않고 소신껏 사는 정 과장 같은 인물이 요즘 보기 드물어 더 그럴지도 모른다(여담이지만, 회사에서 결국 팽당한 정 과장은 사업에 성공하여 연 매출 칠백 억을 찍고 무한상사를 인수한다. 결국, 이 모든 건 정 과장의 꿈으로 밝혀졌지만!).

내게도 그런 사랑스러운 친구가 있었다. 물론 그녀의 능력은 정 과장보다 훨씬 더 뛰어났지만 말이다. 현미는 매사에 열정적인 서브작가였다. 그녀의 속사포처럼 빠르고 기차 화통처럼 우렁찬 목소리만 들어도 누구나 알 수 있었다.

"안녕하세요. 여기 ○○○ 방송국인데요! 네네네, 선생님! 네네네, 그러시죠~ 네네네!"

무슨 이유인지 현미는 결코 '네'를 한 번만 하는 법이 없었다. 현미의 바로 옆 자리였던 나는, 취재 전화를 하다가도 그녀의 목소리에 눌려 폰을 들고 사무실 밖으로 뛰쳐나가야 하는 일이 잦았다.

"네, 선생님? 제가 소리를 잘 못 들어서 그런데 다시 한 번 말씀해 주시겠어요?"

하지만 어쩌겠는가, 열정은 죄가 아니다. 목소리가(어쩌면 열정도) 작은 내가 죄라면 죄. 열정적인 그녀는 구성안을 쓸 때도 혼자서 머리를 싸매고 고민하는 나와는 달리 항상 적극적이었다. 아이디어로 빽빽한 구성안을 출력한 후, 멀리 떨어져 있는 메인작가의 자리에 직접 찾아가서 이것저것 조언을 구하곤 했다.

"언니, 이 구다리(단락)에 이 내용 넣으려는데 어떨까요? 여기서는 리포터가 이렇게 멘트 칠 거고요. 이 장면에도 니주(복선)가 필요할까요?"

초롱초롱한 눈망울로 열정을 내뿜는 그녀에게 메인작가는 기특하다는 표정으로 적당한 피드백을 해 주었다. 이 얼마나 아름다운 풍경인가! 같은 서브작가였던 나는 그녀의 열정을 조금 부러워했던 것 같다.

그러던 어느 날, 여느 때와 같이 큰 목소리로 씩씩하게 섭외 전화를 하던 현미를 세컨작가(방송작가는 보통 취재-서브-메인 순으로 진급하는데, 서브작가 중 가장 연차가 높은 작가를 '세컨작가'라고 부른다)가 밖으로 호출했다. 의아한 표정으로 따라 나가던 현미와 나는 눈이 마주쳤다. 우리 둘 머리 위에는 동시에 물음표가 둥실 떠올랐다.

나는 무슨 사정인지 궁금했지만 돌아오면 말해 주겠거니 하고, 하던 섭외 전화를 마저 했다. 십오 분 정도 지났을까. 돌아온 현미는 얼굴이 붉으락푸르락 달아올라 있었다. 곧 메신저에 현미가 보낸 메시지가 떴다.

"나 방금 회사 옥상 다녀옴. 잠깐 얘기 가능?"
"ㅇㅇ 커피 한잔할래?"

우리는 행여 누가 볼까, 사무실 바로 밑 단골 카페 대신 좀 떨어져 있는 카페로 향했다. 옥상까지 가서 따로 할 얘기가 무엇이 있단 말인가. 카페로 가는 짧은 시간에도 궁금해서 애가 탈 지경이었다. 그녀가 세컨작가에게 불려 간 까닭은 그야말로 황당했다.

"현미야 너, 목소리가 너무 커서 다른 사람한테 피해 주는 거 알고 있어?"

"네? 아, 목소리요."

"촬구(촬영구성안) 쓰고 매번 메인 언니한테 쪼르르 가서 물어보고 하는데. 메인 언니도 일해야지, 바쁘시잖아. 너만의 메인 언니가 아니잖아? 네가 그러면 다른 작가들은 뭐가 되니. 네가 그렇게 독점하면 안 되는 거야."

"아, 제가 몰랐네요. 주의할게요."

이상했다. 열심히 일하는 게 왜 문제가 되는가. 내가 아는 메인 작가는 현미의 적극적인 태도를 좋아하고 독려했다. 현미가 열심히 일하는 걸 불편해하는 사람은 그 세컨작가가 아니었을까.

사실 그녀는 메인작가와 함께 후배들을 봐 줘야 하는 자신의 역할을 제대로 못하고 있었다. 본인 아이템 진행도 매번 삐걱거려 후배들의 도움을 받는 처지였다. 아마도 열심히 일하는 티가 팍팍 나고 일도 곧잘 하는 후배 현미가 얄미웠으리라.

자리로 돌아온 현미는 여전히 물음표를 지우지 못한 채 얼이 빠져 있었다. 전의를 상실한 병사처럼 보였다. '학창 시절에도 선배에게 옥상으로 끌려간 적은 없었다'며 우는 소리를 했다.

풀이 죽은 그녀의 모습에 살짝 걱정됐는데, 며칠 후 괜한 우려였음을 깨달았다. 우리의 열정적인 현미는 금방 자신의 페이스로 돌아왔다. 그리고 보란 듯, 그녀의 목청이 여의도 바닥을 쩌렁쩌렁

울리는 사건이 발생했다.

한시가 급한 사건사고 코너를 맡은 현미, 방송 날이 코앞인데 사건 담당자와 연결이 되지 않아 속이 터지던 중이었다. 하지만 그녀는 지칠 줄 몰랐다. 몇 시간 동안 전화를 돌리고 수소문한 끝에 담당 수사관을 찾아냈고, 기쁨의 콧노래를 부르며 전화를 걸었다.

"네네네! 공문이요, 당연히 보내드려야죠. 네네. 지금 바로 보내고 전화드릴게요~ 잠시만요!"

경찰은 여섯 시에 퇴근이라며 서둘러 달라고 했다. 현미는 발을 동동 구르며 팩스를 보냈고 정각 여섯 시, 바로 그에게 확인 전화를 걸었다. 곧 그녀의 표정은 새끼발가락을 문지방에 찧은 사람처럼 일그러졌다.

"……네? 퇴근했다고요?"

각자의 일에 집중하고 있던 우리는 현미의 흥분한 목소리를 듣고 뱀 앞의 개구리처럼 꽁꽁 얼어붙었다. 모두가 옴짝달싹 못하고 그녀의 눈치만 보던 그때, 얼음을 산산조각 내 버리는 현미의 처절한 절규가 울려 퍼졌다.

"으악!"

현미는 부서질 듯 전화기를 내려 놓았다. 아니 내동댕이쳤다는 표현이 정확할 것이다. 현미의 분노는 사무실을 훌쩍 뛰어넘어 국회의사당 뚜껑까지 치솟았다. 그녀는 급기야 사무실 창문을 활짝 열어젖혔다. 사무실은 팔 층, 나는 갑자기 좀 무서워졌다.

"현미야 왜 그래, 경찰이 벌써 퇴근해 버렸대?"
"야이 ○○○! 내가 담당자 찾으려고 얼마나 전화를 돌렸는데 일 분을 못 기다리고 가냐, 이 쌉사리 같은 공무원 놈아!"

현미는 목청의 끝을 보여 주겠다는 듯 팔 층 창밖으로 고래고래 소리를 내질렀다. 아마 길 가던 사람들 역시 뱀 앞의 개구리처럼 얼어붙지 않았을까. 현미의 열정을, 그리고 억울함을 누구보다 잘 아는 우리는 아무도 그녀를 말리지 못했다. 질투가 많은 세컨작가 역시.
현미는 일렁이는 분노를 원동력 삼아 끝내 일을 마무리 지었다. 역시 방송작가에게 안 되는 일은 없었다. 현미의 목청에 효험이 있던 걸까.

그 후로 세컨작가는 태세를 조금 바꾼 듯했다. 더 이상 후배를 옥상으로 소환하는 일은 없었고 대신 메인작가의 안위를 각별히 살피는 방식으로 자리를 지켰다.

자신보다 실력이나 열정이 뛰어난 사람을 보면 마음속으로 어쩔 수 없이 질투라는 감정이 스멀스멀 올라온다. 나 역시 부정하지 않겠다. 하지만 자신의 부족함을 감추거나 포장하는 방법으로 써서는 안 될 일이다.

정 과장이 눈치가 제로인 건 사실이지만, 그를 진짜 '바보'로 만든 건 주변 동료들이 아니었을까. "쟤는 유별나, 좀 특이해, 우리와 달라"라며 자신의 무능을 감추고 정당화하지는 말았으면.

자신의 일을
후배에게 미루지 말라

겁 많던 관심종자는 방송작가를 하면서 점점 대담해졌다. '가만히 있으면 가마니가 된다'는 이야기는 우스갯소리가 아닌 진리라는 사실을 몸소 깨달았고, 그렇다면 가마니가 아닌 인간으로 살기위해 할 말은 하고 살겠다고 다짐한 것이다. 물론, 용기가 필요한 일이었다.

가장 '잘 팔린다는' 서브작가 육 년 차 때 일이다. 그 메인작가와 함께 일하는 건 두 번째였다. 함께했던 첫 프로그램은 조기 종영

되는 바람에 오래 일하지 못했다. 짧은 기간이었지만 나쁜 기억은 없었고, 마침 하고 있던 프로그램을 갈아탈 때가 되었다고 생각해 메인작가의 콜에 선뜻 응했다.

막내작가가 따로 있었고, 내 코너만 책임지면 되니 큰 부담은 없었다. 한 가지 아쉬운 점이 있다면, 내가 쓴 원고를 메인작가에게 보여 줘도 적극적으로 봐 주지 않았다는 정도?

서브작가 시기는 메인작가가 구성이나 글을 봐 주기 때문에 실력을 키우기 좋은 때이기도 하다. 하지만 여느 메인작가들과 달리 그녀는 내가 쓴 열 장이 넘는 원고에도 조사 몇 개만 고칠 정도로 손을 대지 않았다. '내 원고가 그렇게 완벽한가?' 최대한 좋게 생각해 보려고 했지만, 그녀가 자신이 할 일을 제대로 하고 있지 않다는 생각이 자꾸만 들었다.

그러던 어느 날, 프로그램 개편 소식이 날아들었다. 긴 브이시알(VCR)은 내가 맡고, 짧은 브이시알과 스튜디오 대본은 메인작가가 담당하고 있었다. 짧은 브이시알 길이를 늘이고 스튜디오 분량을 줄이자는 의견이 나왔다고 했다.

코너의 성격이 조금 바뀌더라도 짧은 브이시알은 메인작가의 몫이었고, 길이가 길어지는 만큼 스튜디오 대본 분량은 짧아지니 큰 변화는 없을 거라 생각했는데 나의 착각이었다. 그녀는 나를 조용히 불러 어리둥절한 이야기를 늘어놓았다.

"그 개편 때문에 말이야, 두 번째 코너 길이를 늘려야 하잖아. 그럼 인터뷰도 더 들어가야 할 것 같고 포맷도 좀 바꿔야 할 것 같으니까, 지금부터 조금씩 준비해 두는 게 좋을 거야."

'응? 같이 고민해 보자는 뜻인가?'

함께 고민을 해 보자는 것인지 앞으로는 나더러 짧은 브이시알을 맡으라는 건지 불분명하게 말했다. 아무래도 개편을 빌미로 자신이 담당하던 브이시알을 나에게 떠넘기려 한다는 느낌이 강하게 들었다.

"아, 작가님이 하시는 코너 말씀이죠?" 나는 일을 명확하게 하려고 용기를 내어 되물었다. "아니, 네 것 내 것 따질 때가 아니잖아. 지금, 고민해 보라고."

메인작가는 약간 신경질을 냈다. 나의 불길한 예감이 적중한 것 같아 가슴이 조여 왔다. 차라리 솔직했으면, 자신이 봐 줄 테니 새 코너를 기획해 보라고 하면 그렇게까지 기분이 나쁘진 않았을 것이다.

하지만 본인이 생각해도 떳떳하지 못하다고 여긴 걸까, 은근슬

쩍 후배인 나에게 일을 미루려는 태도를 보였다. 게다가 혼자서 브이시알 두 개를 매주 담당하긴 버거울 것이다. 그녀 역시 모르는 바는 아닐 텐데, 나는 서운함과 원망으로 뒤엉켜 며칠을 혼자 끙끙 앓았다. 그리고 일주일 후, 제작진 회식이 잡혔다.

우리 프로그램 담당 시피(CP, Chief Producer)와 피디들, 작가들이 한데 모여 고기를 구웠다. 분위기가 무르익었을 때쯤, 개편 이야기가 화두로 떠올랐다.

메인피디는 변경되는 코너 구성은 어떻게 하면 좋을지 메인작가에게 물었다. 그러자 메인작가는 나를 바라보며 "그거 어떻게 하기로 했어?" 하고 바통을 터치하는 게 아닌가. 지금이 기회다!

"아, 그거 지금 고민하고 있는데요. 앞으로 제가 그 코너를 '아예' 담당하게 되는 거죠?"

나는 침을 꿀꺽 삼키고 되물었다, '나는 아무것도 몰라요' 하는 표정으로. 심장이 터질 듯 벌렁거렸다. 메인작가의 반응이 두려웠지만 확실하게 할 건 하자는 심정이었다. 고기를 집어 먹던 메인피디가 젓가락을 멈추고 물었다.

"아니 그걸 왜 김 작가가 해? 그거 메인 언니 코너잖아?" 옆에서 조용히 자작을 하던 시피도 눈이 커지면서 한마디 거들었다. "그

건 메인 언니가 해야지. 두 개를 어떻게 혼자 다 해, 안 그래 메인 작가?" 얼굴이 구겨진 메인작가는 대충 답했다. "그렇죠."

시피는 메인작가가 평소 일을 제대로 안 한다는 사실을 알고 있었다. 한 달 전쯤에는 나를 따로 조용히 불러 순진무구한 표정으로 이렇게 물어본 적이 있다.

"김 작가, 내가 방송 쪽에 온 지 얼마 안 돼서 말이야, 잘 몰라서 그러는데 원래 메인작가는 하는 일이 별로 없나?" 얼마나 답답했으면 서브작가였던 나에게 물었을까. "네? 아뇨, 메인작가님도 일 많죠. 스튜디오 대본도 써야 하고…."

알고 보니 시피는 메인작가가 널널하게 쓴 스튜디오 대본을 매번 새로 쓰다시피 하고 있었다. 그는 방송계 쪽으로 이직한 지 얼마 되지 않아 이 바닥 생리를 잘 몰랐고, 그냥 그게 자신이 해야 하는 업무인지 알았다며 머쓱해했다.

나의 도발이 심기를 건드린 걸까. 그날 이후, 그녀는 나를 투명인간 취급하기 시작했다. 인사를 해도 받아 주지 않았고, 대본을 넘겨도 거들떠 보지 않았다.

무언가를 물어봐도 아무것도 들리지 않는다는 듯 다른 자리로 휙 가 버렸다. 매일 아침 출근길 발걸음만큼 마음이 한없이 무거웠다. 결국 나는 그녀와의 대화를 포기했다.

메인작가와 관계가 틀어졌다고 일을 그만두고 싶진 않았다. 무엇보다 내가 잘못했다는 생각이 들지 않았기 때문에 떳떳했다. 나는 막내작가와 친밀했고 피디들과도 잘 어울렸다. 나와 대화를 하지 않는 그녀만 손해였다.

제작사 안에서 일어나는 소식을 가장 늦게 알게 되고, 말동무가 없어 무척 심심했으리라. 냉전은 두 달 가량 계속되었다. 그러던 어느 날 그녀가 먼저 나에게 말을 걸었다.

"얘기 좀 할래?"

반가웠다. 불편한 관계가 빨리 끝났으면 했다. 서로의 입장을 털어놓고 이야기하다 보면 예전처럼 돌아갈 수 있을 거라 기대했다. 하지만 역시 나만의 착각이었다. 그녀는 인간 대 인간이 아닌, 선배와 후배 관점으로 모든 상황을 풀이했다.

자신이 왜 화가 났는지 혼자 십 분 넘게 떠들었고 나의 감정은 단 한마디 묻지도, 들어보려고 하지도 않았다. 죄다 쏟아 놓은 후 마음이 홀가분해졌는지 "다시 잘 지내 보자!" 하고 미소를 짓는 그녀, 나는 그녀와 잘 지내고 싶지 않았다.

여전히 인간관계는 참 어렵다. 특히 상하 관계가 있는 직장에서는 더 그렇다. 각자가 제 할 일만 제대로 해도 회사 안에서 일어나는 갈등이 절반으로 줄지 않을까. 문제는 제 할 일을 제 할 일이라고 생각하지 않는 데 있다.

조금이라도 더 편하고자 '나는 상사니까, 그동안 고생은 할 만큼 했으니까'라는 보상심리로 자신의 일을 자연스레 부하 직원에게 미룬다. 이런 사람을 우리는 흔히 '꼰대'라고 부른다.

꼰대도 누군가에게 꼰대 짓을 당해 봤을 것이고, 내심 억울할 것이다. 답습하느냐 타산지석으로 삼느냐는 자신의 선택, '품격'의 다른 이름 아닐까.

무엇도 나보다
소중한 건 없다

방송작가는 프로 봇짐러다. 무슨 말인가 하면, 이직이 잦다. 프로그램에 따라 다르지만, 육 개월에서 일 년 단위로 일터를 옮기는 일이 흔하다. 하지만 '그만두겠다'라는 말을 꺼내는 건 언제나 쉽지 않다.

서브작가로 일한 지 칠 년 차쯤 넘어가니 몸이 망가질 대로 망가졌다. 진행하는 아이템이 엎어지는 건 아닐까, 조마조마 살얼음판 걷는 심정으로 살다 보니 스트레스 누적이 심했다.

스무 시간 넘게 깨어 있고 쉬는 날에 몰아서 자는 불규칙한 생활이 이어지자, 어렸을 때 앓았던 아토피가 재발했다. 밤이면 온몸이 가려워 잠을 설쳤고, 종일 컴퓨터 앞에서 일하다 보니 모니터가 내뿜는 열기로 얼굴이 건조하다 못해 쓰라렸다.

한창 꾸밀 나이에 겉보기에도 흉했다. 늘 화가 난 사람처럼 얼굴이 붉었고 내가 지나간 자리에는 표식을 남기듯 각질들이 떨어졌다. 그러다 보니 사람들을 대할 때에도 자신감이 떨어졌다. 우울한 날들의 연속이었다.

팔뚝에서 진물이 났지만 병원 갈 시간조차 허락되지 않았다. 당시 나는 건강정보프로그램을 하고 있었는데, 아픈 내 몸을 돌보기보다 '자신만의 비법으로 건강이 좋아진 사례자'를 찾아내는 일이 훨씬 더 시급했다.

몸이 건강해진 출연자를 찾고 그분들의 스토리를 방송 글로 풀어내는 동안, 아이러니하게도 나는 점점 더 병들었다. 몇 달 푹 쉬었으면 좋겠지만, 방송의 수레바퀴를 내 뜻대로 멈출 순 없었다.

어느 회사처럼 연차나 휴가라는 것 또한 있을 리 만무했다. 나는 그 프로그램이 꽤나 마음에 들었고 더 오래 하고 싶었으나, 결국 퇴사밖에 방법이 없었다.

하지만 시청률이 예전 같지 않아 분위기가 좋지 않은 상황이었다. 그만둔다고 말하는 게, 다같이 힘든 때에 혼자 발을 빼는 배신

자처럼 느껴졌다. 안 그래도 바쁜 와중에 인수인계며 새 작가를 적응시켜야 하니 할 일을 더 얹어 주는 기분도 들었다.

그래서 꽤 오래도 참았던 것 같다. 그 사이 상태는 더 심각해졌고, 매일 아침 울먹거리며 출근하는 지경에 이르렀다. '오늘은 꼭 그만둔다고 말해야지' 결심했다가도, 일하다 보면 깜박 잊어 버리거나 메인작가가 이미 퇴근해 버리기 일쑤였다.

드디어 어렵사리 타이밍이 생겼다. 메인작가가 내 앞에 앉아 있었고 사무실은 모처럼 조용했다. 바로 앞자리에 있는데도 굳이 카톡을 보냈다.

"언니, 잠깐 시간 되세요? 드릴 말씀이."
"아니 없어, 제발 그만둔다는 말만은 하지마~"

메인작가가 가장 싫어하는 말이 서브작가나 막내작가의 '언니 드릴 말씀이'라는 사실을 잘 안다. 하지만 어쩔 도리가 없었다. 이대로 있다가는 정신마저 망가질 지경이었다.

우린 회의실로 들어갔다. 언니에게 내 뜻을 전했다. 몸이 너무 아파서 일에 집중하기 힘들다고, 최대한 빨리 다른 작가를 구해 주면 한다고 담담하게 털어놓았다. 언니는 난감한 표정부터 지었다.

"그래, 너 아픈 건 아는데… 너도 알다시피 요즘 작가 구하기가 너무 힘들잖아. 한 달은 너무 빠른데, 내일 병원 가서 치료 좀 하고 늦게 출근하면 어떨까?"

예상대로였다. 상황은 알지만 서운했다. '내가 지금 일하기 힘들 정도로 많이 아프다고요! 내가 아픈데 건강프로그램이 다 무슨 소용이냐고요!'라고 외치는 대신, 나는 남방을 걷어 진물로 꾸덕꾸덕해진 두 팔뚝을 보여 줬다. 피딱지로 흉측한 목덜미를 보여 줬다. 그러고 보니 나는 건강프로그램 작가가 아닌 사례자로 적당한 몸이었다.

"언니, 저 지금 이런 상태예요. 정말 힘들어서 그래요." 말을 하면서 나도 모르게 울고 있었다. 언니는 많이 놀랐을 것이다. "야, 이렇게 심각했어? 그동안 어떻게 참았어 이 모질아. 내일부터 나오지 마. 팀장님한테는 내가 말할게."

나는 그날로 바로 일을 그만두었다. 지옥 같은 한 달을 더 버티지 않아도 된다는 사실에 엔도르핀이 마구 솟구쳤다. 그래, 어떻게든 구하면 또 구해지는 게 방송 일 아니던가.

나는 뭐 때문에 그렇게 끙끙 앓고 혼자 고통스러워했을까. 뒤늦게라도 나의 상황을 이해해 준 언니가 참 고마웠다. 나의 빈자리가 채워질 동안 그녀가 분명 고생했을 테니.

두 달 동안 쉬면서 그동안 벌었던 거의 모든 돈을 치료하는 데 갖다 바쳤다. 몸을 갈아서 돈을 벌었고, 그 돈을 약값으로 썼다.

비단 나만의 일은 아니었다. 병 하나 없는 방송작가는 드물었다. 그나마 나의 병은 눈으로 보이니 망정이지, 참고 일하는 작가들이 수두룩했다. 당장의 월세를 내야 해서, 메인작가가 봐 주지 않아서, 이유도 가지각색.

누군가는 사춘기도 한참 지난 나이에 화농성 여드름으로 고통받았고, 누군가는 노인들이 주로 걸린다는 대상포진에 걸렸다. 이제 사십 대 초반인데 녹내장 초기라거나 당뇨가 걸려 일을 그만둔 사람도 있었다. 하지만 만성 위염으로 며칠 째 죽을 먹더라도 남은 일을 끝내려고 커피를 들이키는 게 방송작가다.

하루에도 수없이 나가는 방송들이, 오십 분 후면 증발해 버릴 방송들이, 그렇게 만들어졌다. 지금도 만들어지고 있다. 현재의 방송 시스템 안에서는 건강을 지키며 일하기란 불가능에 가깝다. 내가 방송작가 일을 접어야겠다고 결심한 이유 중 하나이기도 했다.

보람도 사명감도 다 좋다. 하지만 그것 때문에 소중한 건강을 잃는다면 앞으로의 날들은 누가 보상해 주며, 지난날이 과연 아름답게 느껴질까.

비단 방송작가만 직업병이 있는 건 아닐 테다. 모든 직장인이 크고 작은 직업병을 안고 있고, 고장 난 몸을 고쳐 가며 산다. 하지만 이제 정말 더는 못 견디겠다 싶을 때, 그땐 참지 않았으면 좋겠다.

그 무엇도 자신보다 소중한 건 없다는 걸 기억했으면. 아프면 아프다고, 그만두겠다고 말하는 당신이면 좋겠다.

이제 시작하는 취재작가

Q. 바쁠 텐데 인터뷰에 응해 주셔서 고맙습니다. 막내작가, 아니 취재작가가 옳은 표현이죠! 일을 시작한 지는 얼마나 되었나요?

정 : 올해로 오 년 차예요. 시작은 교양프로그램으로 했고, 예능으로 넘어온 지 삼 년 좀 넘었어요.

이 : 저는 웹 예능으로 시작했고, 이제 일한 지 사 년 되어 갑니다.

박 : 작년 10월에 보도국 막내작가로 입사했고, 이제 육 개월 차 됐습니다.

Q. 어떤 루트로 방송 일을 시작했는지 궁금해요. 여전히 인맥이 가장 주된 취업 방법인가요?

정 : 방송아카데미에서 교육받고, 소개로 일을 시작했습니다. 저처럼 아카데미 소개로 일을 시작하는 경우가 가장 많은 것 같아요. 먼저 취업한 아카데미 동기들이 모여 있는 카톡방에서 구인구직 정보, 일자리 환경 등 많은 정보를 얻을 수 있거든요. 인맥이 없어도 요즘은 방송작가들이 모여 있는 단톡방(1,000명 이상 참여)에 운 좋게 들어가서, 올라오는 공고 글을 보고 지원하는 경우도 있고요.

이 : 저는 가족 지인의 인맥으로 방송 일을 시작했어요. 일하면서 알게 된 제 친구들을 보면, 방송아카데미 추천으로 시작한 경우가 많긴 하더라고요. 아무래도 아카데미를 다니면 동기가 생기고, 선배들 인맥이 생겨서이지 않을까요? 일자리 정보도 많이 얻고요. 따로 인맥이 없는 경우에는 구성다큐연구회 공고 글을 보고 이력서를 넣기도 하고요.

박 : 저도 따로 방송아카데미를 다니진 않았고 프리뷰 알바 경험은 좀 있었어요. 그때 대충 방송계가 돌아가는 모습을 봤고, 구성다큐연구회에 올라온 작가 구인 글을 보고 지원했습니다. 저는 인맥으로 구한 건 아니지만, 이쪽 세계가 워낙 좁다 보니 이직할 때는 인맥이나 동료들 평가가 중요하다고 생각해요.

정 : 저의 첫 페이는 월 백오십만 원이었어요. '방송작가유니온(전국언론노동조합 방송작가지부)' 등 작가들이 권리를 찾으려고 움직이면서 요즘은 주 사십오만 원 정도 준다고 들었습니다.

이 : 백육십만 원 정도였던 것 같아요. 보통 외주제작사보다는 본사가 페이를 더 챙겨 준다고 들었는데, 많아야 백팔십만 원이라고 하더군요.

박 : 저도 주급 사십만 원으로, 월 백육십만 원 받고 시작했어요.

Q. 예전보다 급여가 두 배 이상 올랐지만 여전히 갈 길이 머네요. 취재작가로 일하면서 가장 힘든 건 무엇인가요?

정 : 일이 많아서 쉬지 못하는 날이 많은데, 그에 비해 돈을 제대로 받지 못하는 부분이죠. 방송계가 아닌 직장에서 일하는 친구들은 제가 일하는 시간이나 급여를 말하면 대부분 놀라고 이해하지 못해요.

그래서 실제로 친했던 친구와 멀어진 경우도 있고요. 집이 멀어서 자취하는 친구들도 많은데 '돈을 언제 모을 수 있지'라는 고민이 가장 크죠. 식사비, 택시비 지급이라도 잘 지켜지는 환경이 갖춰지면 좋겠습니다.

이 : 제가 선택한 일이니 일이 많고 힘든 건 참을 수 있어요. 작은 결과물이지만 제가 기여했다는 것에 보람도 느끼고요. 하지만 휴일 없이 지쳐가는 와중에 저와 맞지 않는 사람들에게 받는 스트레스는 좋아하는 일까지 힘들어지게 하더라고요. 무심코 아무렇지 않게 상처 주는 말을 던지는 팀원을 만나면 정신적인 고통이 너무 큽니다. 하루 종일 함께 있어야 하니까요.

박 : 저는 보도국에서 일하니, 특성상 밤샘이 많거나 휴게 시간이 너무 적거나 하진 않아요. 적은 급여가 가장 힘들죠. 다른 일을 겸하기 어려운 상근직인데, 급여가 적으니 사는 게 늘 쪼들립니다.

2부

항상 힘냈으면 좋겠다

상대방의 속사정을
살피는 자세

막내작가 시절, 나를 처음 소개하는 자리에서 방송작가라고 말하면 '우와~' 하는 반응이었다. 마치 대단한 사람이라도 되는 양 주변에서 나를 추켜세웠다. 그럴 때면 난 민망함과 부끄러움을 감추고자, 귀여운 페이 얘기로 찬물을 확 끼얹었었다.

"에이, 한 달에 백만 원 벌어요 저."

일부러 그럴 생각은 아니었는데 분위기가 싸늘해졌다. 그저 당신들이 생각하는 것처럼 화려한 직업은 아니니 오해하지 말았으면 하는 뜻이었다. 나의 의도와는 다르게 상대는 '뭐라고 위로를 해야 할지' 하는 동정 어린 시선으로 머뭇거리다가 자연스레 화제를 바꾸곤 했다.

막내작가로 일을 시작해 월 백만 원을 벌기까지 일 년이 걸렸다. 첫 월급은 팔십만 원, 감사하게도(?) 육 개월이 지나자 십만 원을 올려 줬다. 그렇게 돈을 주고 밤낮없이 일을 시켜도 '막내작가'를 하겠다는 이들이 줄을 서니, 처우가 개선될 기미는커녕 일을 시켜 주는 것만 해도 감지덕지해야 하는 분위기였다.

사실 막내작가는 누구나 될 수 있었다. 학벌은 물론 그 흔한 토익 점수조차 안 보는 당시 몇 안 되는 직종이었다. 다만 박봉과 극심한 스트레스에 일 년을 못 버티고 아예 바닥을 떠나는 이들이 대부분이었다.

비슷한 경력의 평범한 회사원만큼 연봉을 받으려면 최소 육 년은 기를 쓰고 버텨야 했다. 그 이후에는 나름이다. 프로그램을 여럿 하는 체력과 능력을 갖춘 메인작가는 월 천 단위로도 번다.

그나마 다행이라고 해야 할까. 지금은 막내작가에게 최저시급은 지키는 분위기다. 방송계의 열악한 환경이 언론에 많이 노출되었고 많은 이들이 싸워 온 덕분이다.

막내작가 시급이 연필 한 자루 값 정도로 처절했던 그 시절, 밥을 사지 않는 선배는 욕을 먹어야 마땅했다. 사실 욕 먹어야 할 대상은 따로 있는데 말이다. 봉준호 감독의 영화 〈기생충〉이 떠오르지 않는가. 지하(地下)에 사는 사람과 반지하에 사는 사람이 서로를 적대하고 물어뜯는 격이다.

"애들아, 밥 먹었니?"

짠돌이로 유명한 피디가 어쩐 일로 막내작가와 조연출들에게 밥 안부를 물었다. 그는 일 년 넘게 밥은커녕 커피 한잔 막내들에게 사지 않을 정도로 인색한 선배였다. 아무래도 후배들과 함께 식당을 가면 부담이 되다 보니, 그는 주로 집에서 싸 온 도시락을 먹거나 식당에 혼자 가서 끼니를 해결했다. 막내뿐만 아니라 동료들 사이에서도 종종 회자될 정도였다.

그런 그가 밥을 먹자고 하니 어리둥절할 수밖에 없었다. 막내작가 셋, 조연출 둘이 그를 따라 분식집으로 갔다. 김치볶음밥과 떡볶이, 순대 등을 골고루 시켜 나눠 먹었다.

편집을 하느라 며칠 동안 굶다시피 했을 피디, 먹어도 먹어도 허기가 채워지지 않는 이십 대 다섯이 모이면 설거지가 따로 필요 없었다. 그릇은 순식간에 텅 비었다.

밥을 먹으면서도 내 머릿속엔 물음표 하나가 떠나지 않았다. 평소 같지 않은 행동이 영 수상쩍었던 것이다. '웬일로 밥을 다 산대? 혹시 퇴사하시나…' 문득 짠돌이 피디가 짠하게 느껴지려는 순간.

"이모, 여기 이만 원이죠? 삼천 원씩 내면 되겠다, 내가 오천 원 낼게."

역시 우리를 실망시키지 않는 짠 피디, 처음엔 '잘못 들었나?' 내 귀를 의심했다. 십 년 차 선배가 막내들에게 회전초밥집도 아닌 무려 분식집에서 더치페이를 하자는 것이었다. 순간 당황했지만 곧 사태를 인지하고 다들 주머니 속을 뒤적거리고 있었는데, 불편한 상황을 죽을 만큼 싫어하는 한 조연출이 나섰다.

"그냥 제가 낼게요." 그는 황급히 현금 이만 원을 꺼내 이모님께 건넸다. 자취를 하는 그의 월급은 팔십만 원, 물론 식비 포함해서였다. 우리는 그 사건 이후로 짠돌이 피디를 혐오했다. 해도 해도 너무 하다고 생각했다.

당시 제작 시스템은 피디와 막내피디인 조연출이 랜덤으로 짝 지어 촬영을 나가는 방식이었다. 조연출들은 짠돌이 피디와 짝이 되지 않기를 간절히 바랐는데, 제작비를 아끼려고 식사를 거르는 날이 많았기 때문이었다. 하지만 결정권은 보통 선배들에게 있어 막내들은 정해지는 대로 따르는 수밖에 없었다.

마침내 짠돌이 피디와 불편함을 못 견디는 조연출이 짝이 되었고, 내가 피디의 자료 조사를 맡는 불상사가 발생했다. 그리고 촬영 날, 일이 터지고야 말았다.

출연자가 조기 축구하는 장면을 찍는 날이었다. 아침 일찍 촬영 시작이라 짠돌이 피디와 조연출은 모두 공복이었다. 전반전이 끝날 무렵, 조기 축구회에서 주문해 놓은 도시락이 도착했다. 선수들 점심 식사용이었다.

이마에 땀이 송골송골 맺힌 짠돌이 피디가 사람 좋은 미소를 지었다. "도시락 하나 먹어도 되죠?" 출연자에게 물어보는 그의 손가락은 이미 바쁘게 도시락 포장을 뜯고 있었다.

그는 밥을 우물거리며 조연출에게 인심 쓰듯 말했다. "너도 하나 꺼내 먹어~" 조연출은 입맛이 뚝 떨어졌다. 평소 후배들에게 밥한 번 안 사는 그가, 출연자가 주문한 밥이 도착하자마자 꺼내 먹는 모습이 꼴 보기 싫었던 것이다. 조연출은 상황을 알리고자 내게 문자를 보냈다.

"짠 피디 지금 출연자 밥 축내는 중;;;"

포커페이스를 잘 유지한 채 문자를 보낸 조연출은, 뒤통수가 뚫린 것처럼 싸늘한 바람을 느꼈다. 뭔가 잘못되어도 한참 잘못됐다는 사실을 깨달은 것이다. 옆에서 신나게 도시락을 까 먹던 짠돌이 피디가 주머니 속 휴대폰을 꺼내 확인하고는 고개를 돌렸다.

"찬우야, 이 문자 뭐야?"

후반전을 알리는 호각 소리가 축구장을 울렸다. 하지만 시간이 멈춰 버린 듯 둘은 카메라를 들고 일어날 수 없었다. 문자는 내가 아닌, 문자 속 주인공에게로 이미 넘어간 상태.

조연출은 자신의 손가락을 댕강 자르고 싶은 심정이었다. 눈앞이 컴컴했다. 그 어떤 말로도 이 상황을 모면할 방법이 없다는 것을 안다. 솔직히 털어놓는 수밖에.

"죄송합니다. 문자를 잘못 보냈습니다." 조연출은 기어들어가는 목소리로 말했다. 짠 피디가 라이터에 불을 붙였다. "막내들이 나 짠돌이라고 욕 하지?" 그는 다 알고 있는 것일까. 조연출은 뭐라고 대답해야 할지 몰랐다.

"나도 알아. 근데 외벌이라서 늘 쪼들리거든. 애 셋에, 집 대출금까지 갚으려니 어쩔 수가 없네." 짠 피디는 씁쓸한 표정이었다. 불편함을 죽기보다 싫어하는 조연출은 또다시 불편해져야 했다.

사실 가장으로서 프리랜서 피디의 월급도 빠듯한 건 마찬가지였다. 공채 출신이 아닌, 대다수의 외주제작사 프리랜서 피디들이 비슷한 연차의 중소기업 회사원과 비슷하게 벌려면 십 년 가까운 세월이 걸렸다. 밤낮도 휴일도 없이 일해 봤자 야근 수당, 휴일 수당조차 없었다.

갑자기 본사 사정에 따라 프로그램이라도 폐지되면, 일자리도 잃고 퇴직금도 받기 어려웠다. 제작사 내부에 다른 프로그램이 있으면 그나마 갈아탈 기회라도 있겠지만 그렇지 못한 경우가 더 많았다. 대부분이 영세해 프로그램 한두 개로 겨우 명맥을 유지하는 수준이었다.

짠 피디 역시 그런 열악한 조건에서 십 년 넘게 생존한 프리랜서 피디였다. 박봉을 쪼개 어렵게 가족을 건사하고 수많은 제작사를 전전해 왔을 터.

마침내 정착한 곳에선 한참 어린 후배들에게 무시를 당했다. 동료들도 인색한 그를 흉 봤다. 그는 다 알고 있었다. 하지만 그의 말대로 어쩔 도리가 없었을 것이다.

짠 피디는 조연출에게 사사로운 가정사를 털어놓은 게 민망했는지 쉽게 엉덩이를 떼지 못했다. 담배를 마저 태우고 가겠다고 조연출을 먼저 일으켜 보냈다. 세 번째 담배꽁초를 비벼 끄고서야 일어선 그의 표정은 한편으로 후련해 보이기도 했다.

다음 날, 분식집에서 더치페이를 할 뻔 했던 막내들이 모두 모여 배 터지게 초밥 파티를 했다. 매일 남의 회사 구내식당에 가서 '오늘의 백반'을 먹다가 팔딱팔딱 신선한 초밥을 맛 보니 두뇌 회전도 더 잘되는 기분이었다.

돈은 짠 피디가 냈다. 물론 그는 그 후로 다시는 밥을 사지 않았다. 하지만 우리는 더 이상 그를 미워하지 않았다.

누구나 자신이 가장 힘들고 불쌍하다. 나도 힘든데 당연히 상대방의 상황을 고려하기란 쉽지 않다. 오히려 '내가 지금 그것까지 알아야 해?' 하는 반감이 들지도 모른다. 하지만 누구나 사정은 있다. 말을 하지 않을 뿐, 당신보다 더 애타는 속사정이 있을지 모른다.

사정이 무엇인지, 깊이가 얼마나 되는지, 자세한 내막까지는 모르더라도 '피치 못할 사정이 있나 보다', '얼마나 힘들면 저럴까' 이해하고 불쌍히 여기면 상대는 물론 나까지 숨통이 트인다.

그는 비록 후배들에게는 존경받지 못했더라도 좋은 아빠였음은 분명하다.

정의감만으로 일할 수 없다는 사실 인정하기

가끔 텔레비전에서 연예인들이 "에라이 방송국 놈들!", "방송국 놈들 복수할 거야!" 하고 외칠 때면 속으로 뜨끔뜨끔했다. 보통 극한직업 체험이나 무리한 연출을 요구할 때 농담조로 이런 소리를 하는데, 제작진도 웃어넘기며 일부러 자막으로 살리기도 한다.

어쩌다 방송국 사람들은 '놈'이 됐을까. 조금이라도 방송을 더 재미있게 살리려는 제작진의 노고를 안다면, '놈'이라는 표현은 사실 눈물겹기까지 하다. 하지만 어떤 때에는 농담조가 아닌 진짜로 '놈' 소리가 절로 나온다.

아침 생방송 서브작가로 입봉한 지 얼마 안됐을 때다. 나는 좀 신이 나 있었다. 짧은 코너이긴 했지만, 내가 만든 방송이 더 좋은 세상을 만드는 데 작은 보탬이 될 거라는 순진한 마음, 아니 순수한 마음이었다.

여느 때처럼 인터넷 밀림 속에서 한 마리의 하이에나처럼 어슬 렁어슬렁 아이템을 찾고 있었다. 그때 나의 레이더망으로 들어온 한 기사!

이름만 들으면 누구나 알 만한 유명 주방용품 업체에서 법으로 금지된 유해물질을 사용한다는 내용이었다. 특히 유아가 이 주방 용품에 자주 접촉할 경우 발육에 악영향을 미칠 수 있다는 게 골자 였다. 나는 즉시 메인작가에게 알렸다.

"언니, 이거 아이템으로 어때요? 유명한 업체인데, 이 기사 좀 보 세요."

나와 띠동갑이었던 메인작가는 내가 전적으로 믿는 사수였다. 다른 제작사 서브작가들과 종종 이야기를 나눠 봐서 안다. 이토록 꼼꼼하게 후배들의 대본 첨삭을 해 주는 아침 생방 메인작가는 거 의 없다는 사실을.

초를 다투는 생방 직전에도 후배들이 쓴 원고에 꼼꼼히 밑줄을 처가며 팩트 체크를 하고 더 나은 문장으로 고쳐 주던 멋진 작가님! 그야말로 내가 꿈꾸던 '프로 작가'의 모습이었다.

그런 그녀가 내 의견에 동의하며 고발 아이템을 진행하라고 했을 때 난 좀 신이 났다. '몹쓸 업체의 실태를 낱낱이 고발해 보리!'

기사를 쓴 기자와 통화하며 세부사항을 파악했고, 문제가 되는 제품의 성분 관련 전문가에게도 조언을 구했다. 대략적인 촬영구성안을 쓰고 업체 쪽에도 전화를 걸었다. 반론 기회를 주어야 했기 때문이다. 업체 쪽은 딱히 밝힐 입장이 없다며 말을 아꼈다. 나는 그대로 구성안에 옮겼다.

"사실 확인 차 업체에 연락했지만 인터뷰를 거절했습니다."

담당 피디는 촬영에 필요한 업체의 프라이팬, 뒤집개 등 조리 기구를 사러 나갔고 방송 준비는 순조로운 듯했다. 그러던 중 심각하게 통화를 하던 팀장님이 나에게 청천벽력 같은 소리를 했다.

"선영 작가, 불량 주방용품 아이템, 엎어야 할 것 같아." 갑자기 무슨 소리일까. "네? 이거 컨펌받고 촬영도 이미 나갔는데요?"

나는 억울해 미치겠다는 표정으로 메인작가를 바라봤다. 언니 역시 황당하기는 마찬가지.

"팀장님, 무슨 소리예요 갑자기. 본사에서 접으래요?"

"메인작가님, 그 업체 대표가 본사랑 좀 아는 사인가 봐요."

"아니 그래도 그렇지, 그렇다고 아이템을 접어요?"

나의 얼굴은 폭발하기 일보 직전, 팀장과 메인작가는 나를 내버려 두고 담배를 태우러 나갔다.

'말도 안 돼. 아는 사이라고 그냥 덮어?'

지금이야 그런 놈들이 한둘이 아닌 것을 아니 그렇게까지 놀라지 않았을 거다. 하지만 당시의 나는 이제 막 방송계, 아니 사회를 알아가는 걸음마 단계에 있었다. '더럽다는 말은 이럴 때 쓰는 거구나.' 말로만 들었던 추악한 현실을 제대로 마주한 기분이었다.

매주 밤샘을 하며 일주일에 하루 겨우 쉴까말까 하는 서브작가의 월급은 백이십만 원, 돈 때문이라면 이 일을 하지도 않았을 것이다. 보람과 사명감을 동력으로 일하는 게 방송작가 아니었던가!

담배를 피우고 돌아온 메인작가의 표정이 어두웠다. 불길했다.

"미안하다, 그 아이템 안 될 것 같아. 얼른 다른 거 찾자."

나는 결국 울음을 터뜨렸다. 더러운 방송국 놈들에 대한 분노, 그렇게 믿었던 메인작가에 대한 실망이 뒤섞인 눈물이었다. 그녀만은 이 상황을 해결해 주리라 믿었다.

어떻게든 팀장을 설득하고, 안 되면 본사에 전화해서 따져 주기라도 할 줄 알았다. 하지만 메인작가 역시 본사 앞에서는 어쩌지 못하는 을이었다.

뭔가 제대로 보여 주겠다는 나의 부푼 다짐은, 그렇게 하루 만에 너무 쉽고 간단하게 무너졌다. '내가 본사에 직접 전화해서 설득해 볼까.' 삼 초쯤 고민했나, 솔직히 나도 겁이 나긴 마찬가지였다.

"언니, 이건 진짜 아니잖아요? 이럴 거면 방송을 왜 해요?"

나는 애꿎은 메인작가에게 마지막 발악을 했고, 그녀는 침통한 얼굴로 나의 어깨를 두드렸다. 눈앞의 현실을 받아들이자 아이템 걱정이 우르르 몰려왔다.

시간이 꽤 흘러 있었다. 배 째라 심정인 마음과 달리 내 손가락은 급하게 다른 아이템을 뒤졌다. '정의구현이고 나발이고 시간이 없다 시간이.'

하지만 시간 안에 딱히 교체할 아이템을 찾지 못했고, 억지춘향으로 '불량 주방도구 업체 고발' 아이템을 '주방도구 안전하게 활용하는 꿀팁'으로 콘셉트만 바꾸기로 했다. 물론 그 업체의 주방도구가 아닌 다양한 업체의 기구들로 내용을 희석해서.

나는 결국 인정했다, 정의감만으로 일할 수 없다는 것을. 이해관계가 얽힌 수많은 사람을 통과하고 여러 단계를 거쳐 곱게 정제된 '방송용' 내용만 텔레비전 밖으로 나간다는 사실을. 하나씩 포기하고 타협해야 할 일이 앞으로도 무궁무진할 것이며, 내가 그 벽과 싸울 만큼 단단하지도 용감하지도 못하다는 것을.

그때는 메인작가가 참 원망스러웠다. 그 힘들다는 방송작가 생활을 십 년 넘게 하신 분 아닌가. 마땅히 불의에 맞서 싸워 줄 줄 알았다.

정의감만 불타던 서브작가였던 나는 어느덧 세월이 흘러 그 선배만큼 연차가 쌓였다. 무엇이 달라졌을까. 여전히 그들 앞에서 을이었고, 오히려 더 바싹 고개를 조아려야 하는 입장이 됐다.

메인작가가 되어서야 내가 서브작가였을 때 맞았던 돌들이 커다란 바윗돌의 부스러기였다는 걸 알았다. 메인작가라는 든든한 방패가 몸을 던져 막고 또 막았지만, 어쩔 수 없이 파편 쪼가리 몇 개가 튀었던 것이다.

아무리 해도 티가 나지 않는 집안일처럼, 그녀 역시 후배들을 지키려고 최선을 다했다는 걸 십여 년이 지나서야 깨달았다.

재주는 곰이 부리고
돈은 왕 서방이 받는다

방송작가로 일할 때는 솔직히 텔레비전을 거의 보지 않았다. 시간이 생기면 한숨이라도 더 자거나 콧바람을 쐬러 나갔다. 지긋지긋하기도 했고, 저 방송 때문에 얼마나 많은 사람이 생고생했을 지가 떠올라 괴로웠다.

방송 일을 그만두고 집에 누워 텔레비전을 보니 집순이의 마음이 이해가 간다. 수면 바지를 입고 캔 맥주를 들이키며 〈라디오스타〉를 볼 때면 '이 맛에 산다!'라는 고릿적 멘트가 육성으로 튀어나왔다.

그날도 한참을 낄낄거리며 보고 있는데 나도 모르게 눈이 커졌다. '오? 저거 좀 괜찮은데?' 지름신이 영접하신 게다. 안영미가 게스트와 토크를 나누던 중 갑자기 토크 속 주인공과 영상통화를 했다. 스마트폰을 척! 하니 펼쳐 테이블에 착! 하니 올려 둔 채 말이다. 화제의 신상, 폴더블 스마트폰 협찬 광고임이 분명했다.

방송작가라면 피하기 힘든 숙명, 바로 '협찬 방송'이다. 특히 제작비가 부족한 교양프로그램의 상당수는 협찬으로 돌아갔다. 이제 시청자 역시 "에이 그거 너무 협찬 티 나는 거 아냐?" 할 만큼 협찬이라는 용어가 익숙해졌지만, 대부분의 교양작가는 여전히 협찬 방송을 힘들어한다. 협찬사라는 갑을 하나 더 모셔야 하기 때문이다.

대한민국 국민이라면 누구나 한 번쯤은 먹어봤을 '홍삼' 같은 아이템은 차라리 쉽다. 대중적인 제품일수록 관련 사례자를 섭외하기가 수월하고 이야기를 자연스럽게 풀어가기도 좋다. 하지만 세상일이 어디 그렇게 만만하던가.

"네? 홍삼으로 다이어트를요?"

홍삼이란 무엇인가! 면역력을 높여 겨울철 감기 예방에 좋다고 알려진 대표적인 건강식품 아니었던가. 갑자기 다이어트라니요?

건강식품 협찬사는 가끔 제품의 주요한 효능 대신 자신들이 원하는 새로운 구매 타깃 쪽으로 말도 안 되는 홍보를 요청할 때가 있었다.

어쩌겠는가. 협찬사는 자신들의 제품이 삼십여 초 방송에 노출되는 대가로 수백에서 수천만 원을 방송국에 지불했을 것이고, 그중 일 원도 제작진에게 떨어지지 않지만 우리는 까라면 까야 하는 일개미인 걸.

나는 살빼기의 달인들이 모여 있다는 온라인 커뮤니티에 가입했다. 가짜 다이어트 성공담을 쓰고 열심히 댓글을 남긴 후 등업을 했다. 카페 글을 볼 권한이 생겼으니 본격적으로 사례자 물색에 들어갔다. 글을 뒤져 다이어트에 성공한 사람을 찾고 닉네임을 눌러 일일이 블로그에도 들어가 본다.

극적인 감량으로 다이어트에 성공한 사람을 찾아내야 한다. 부디 그가 홍삼을 즐겨 먹었길 바라면서. 오 킬로그램 감량으로는 방송 소재로 턱도 없다. 많이 뺄수록 좋지만 최소 십 킬로그램 이상은 티가 나게 살을 빼야 하고, 살 빼기 전 사진을 반드시 가지고 있어야 한다. 예전에 입었던 바지나 치마를 버리지 않고 보관하고 있어서 "이거 제가 예전에 입었던 옷인데요" 하며 포대 자루 같은 옷에 들어가 허리춤에 주먹을 넣었다 뺐다 하는 장면도 필수다.

그러니까 나는 몸무게를 십 킬로그램 이상 뺐고, 뚱뚱했던 당시의 사진을 갖고 있으며(혹은 인바디 기록이라도) 홍삼을 꾸준히 먹은, 세 가지 조건에 모두 부합하는 사람을 찾아내야 하는 것이다.

섭외 기간은 케이티엑스(KTX)처럼 달려 지나가 버린다. 마지노 선이 성큼 다가오자 마음이 방방 뛰었다. 어쩔 수 없이 위급한 상황에서만 사용하는 '비장의 카드'를 꺼냈다. 몸무게 십오 킬로그램을 감량한 에어로빅 강사, 파워 블로거 '엉짱 아줌마'에게 전화를 걸었다.

"안녕하세요, 엉짱님 되시나요? 여기 ○○○ 방송국인데요"
"어머~ 네!"

다행히 방송을 반기는 파워 블로거. 나는 형식적인 안부를 물은 후 바로 본론으로 들어갔다.

"저희가 이번에 홍삼의 다이어트 효능에 대해 방송을 준비하고 있어요. 블로그 보니까 엉짱님이 짧은 기간에 살을 십오 킬로그램이나 빼셨더라고요. 정말 대단하신 것 같아요! 그런데 블로그를 보다 보니까 평소 홍삼캔디도 즐겨 드시고, 홍삼탕이 있는 온천에도 다녀오셨더라고요? 홍삼을 정말 좋아하시나 봐요~"

"홍삼이요?"

예상치 못한 전개에 당황한 에어로빅 강사 엉짱님은 잠시 침묵을 유지한다. 옳다구나! 분명 망설이는 중이다. 이때를 놓쳐선 안된다. 더 밀어붙이자.

"네, 홍삼이요! 우리나라 사람들 보통 몸 챙길 때 홍삼부터 떠올리잖아요. 부작용도 거의 없고 몸도 따뜻하게 해 줘서 여자한테 참 좋다던데. 저도 사실 얼마 전부터 먹고 있거든요. 아 물론, 홍삼으로만 살 뺐다고는 절~대 소개하지 않고요. 엉짱님이 에어로빅을 시작하시게 된 스토리부터 쭉쭉 풀 거예요."

에어로빅 강사 엉짱님은 나의 현란한 드리블에 점점 설득당한다. 결국 이왕 출연하는 거 '챙길 건 챙기자' 하는 결론에 이른다.

"아, 그러고 보니 겨울에는 홍삼을 자주 먹었어요! 그게 꼭 다이어트 때문에 먹었던 건 아닌데, 그러고 보니 살이 확 빠진 게 그때쯤이었네요. 홍삼이 다이어트에도 좋은가 봐요? 그런데 방송에 저희 에어로빅장도 나가나요?"
"그럼요! 홍삼도 드셨지만 에어로빅을 꾸준히 하셨기 때문에 효과가 훨씬 더 컸던 거잖아요. 회원 분들이랑 운동하는 거도 찍고요. 당연히 에어로빅도 엉짱님의 다이어트 비법으로 들어가야죠."

협상 타결. 섭외가 급한 작가와 홍보가 급한 에어로빅 강사가 만났다. 이보다 더 완벽한 하모니가 또 있으랴. 드디어 사례자를 구했다는 안도감도 잠시, 나는 곧 가슴 한 구석이 서늘해졌다. 내가 마치 사기꾼처럼 느껴진 것이다.

아주 거짓말은 아니었다. 홍삼에 실제로 다이어트에 도움을 주는 성분이 들어 있다는 해외 논문과 실험 자료도 있었다. 어찌됐든 효능이 있는 건 사실 아닌가. 그녀의 주된 다이어트 비법이었던 에어로빅의 효과도 구성에 넣는다. 무조건 홍삼 덕분이라고는 소개하지 않을 것이다.

'아무리 그래도 이건 떳떳하지 못하다.'

놀랍게도 방송은 언제나 불가능한 일을 가능하게 만들었다. 무슨 일이 있어도 방송은 나가야 한다는 '룰' 때문이었다. 그 룰은 때로는 우리가 무엇 때문에 이 일을 시작했는지 잊게 만들었다. 아니 잊어버리라고 강요했다.

방송작가의 주 업무를 한 문장으로 말해 보라고 하면, '방송 평크를 막으려고 몸부림치는 일' 정도로도 요약할 수 있을 것이다. 그렇게 몸부림을 치면 또 한 주가 무사했다.

웬만해서는 연락을 잘 안 하는 무뚝뚝한 아빠가 오랜만에 딸래미에게 전화를 다 하셨다.

"어, 아빠."

"딸, 아시안더블베리인가? 그기 그렇게 눈에 좋다카대, 거 몇 박스 구할 수 있나? 의사도 다 그거 먹는다카대."

"누가 그래요?"

"텔레비전서 카든대?"

"아빠, 텔레비전 좀 그만 봐요."

'웃고 있지만 눈물이 난다'라는 표현은 이럴 때 쓰라고 있는 것이다. 내가 하는 일을 내가 부정해야 했던 날들이 있었다. '협찬 방송을 안 하면 되지 않느냐?'라고 묻는다면 교양프로그램은 내가 원하는 것만 골라서 할 정도로 종류가 다양하지도, 많지도 않았다고 답할 수밖에 없다.

그러니 문제가 되지 않을 선에서 적당히 타협하면서 일하는 게 우리의 방식이었다. 그리고 그 죄책감의 무게를 견디는 것 역시 방송작가 일의 한 영역이었다.

방송프로그램 구성을 놓은 지 삼 년이 넘어간다. 협찬 때문에 억지 방송을 만들어 내던 악몽도 아련하다. 협찬인 줄 빤히 알면서도 물건에 혹하는 내 모습을 보면 협찬사가 왜 그토록 방송을 좋아하는지 이해도 간다. 협찬사와 방송사는 그야말로 윈윈, 아주 찰떡궁합이다. 그 가운데서 말도 안 되는 일을 말이 되게 만드느라 죽어나는 건 방송작가다.

'재주는 곰이 부리고 돈은 왕 서방이 받는다'는 속담은 이 시대 직장인에게도 꽤 쓸 만한 명언이다. 눈앞에 주어진 일에 최선을 다하다가도 가끔 쓰나미처럼 허탈감이 밀려오는 순간이 있다.

내가 부리는 재주가 오직 왕 서방을 위한 쇼임을 깨달았을 때, 왕 서방이 원한다면 탈을 쓰고서라도 토끼인 척하고 있는 나를 발견했을 때 그랬다. 학대라는 이유로 동물 쇼가 폐지되는 요즘도, 곰은 더욱 열심히 재주를 부리느라 뼛골이 빠지고 있다.

일 못해도
살아남는 법

"진짜 더러워서 못해 먹겠더라고. 박 팀장, 나한테 그치 좀 보고
배우라더니 아주 쌤통이다."

사 년 넘게 한 프로그램에서 서브작가를 하다가 메인작가 입봉
까지 한 친구 미연은 얼마 전 관뒀다며 씩씩거렸다. 국장이 바뀌
면서 분위기가 안 좋아졌고 서브작가들도 계속 바뀌어 프로그램
이 어수선하다는 이야기는 들었었다. 하지만 그녀가 그만둔 이유
는 따로 있었다. 바로 옆 팀 메인작가와의 차별 때문이었다.

그 프로그램에는 메인작가가 두 명 있었다. 미연은 성실하고 책임감이 강한 메인작가였다. 네 명이나 되는 서브작가 촬영구성안을 다 봐 주었고, 서브작가가 모두 퇴근한 시간에 혼자 남아 야근하는 날이 많았다. 서브작가의 섭외가 엎어지는 날이면, 발 벗고 나서서 전화를 돌렸고 사례자를 기어이 찾아냈다.

옆 팀 메인작가인 정 작가는 미연과 달랐다. 후배들의 촬영구성안은 본인이 퇴근하기 전까지만 봐 줬고, 사례자가 엎어져도 신경 쓰지 않고 퇴근했다. 그녀가 신경 쓰는 건 주로 외모 쪽이었다.

교양프로그램 작가에게서는 보기 힘든 풀 메이크업에 오피스룩으로 점심 즈음 느긋하게 출근한 그녀는, 여유롭게 커피를 마시다가 차가 막히기 전에 퇴근하곤 했다. 그러다 보니 그녀가 돌봐야 할 서브작가들이 미연에게 구성안을 봐 달라고 하는 상황까지 종종 생겼다. 덕분에 미연의 업무량은 점점 더 늘어 갔다.

시청률은 정직했다. 같은 프로그램인데도 불구하고 미연이 담당한 회차와 정 작가가 담당한 회차의 시청률 격차가 크게 벌어진 것이다. 우연이라고 보기에 그 현상은 몇 주 동안 계속됐다. 정성을 들이는 만큼 좋은 성적을 받기 마련이다.

하지만 놀랍게도 정 작가는 본사에서 예쁨을 받았다. 시사 때마다 국장의 커피를 잊지 않고 챙기고 입에 발린 말로 그를 추켜세워서였을까, 그녀의 프로페셔널해 '보이는' 옷차림 때문이었을까. 불독 같은 국장은 정 작가 앞에서만큼은 순한 양으로 변신했다.

반면, 미연은 늘 그에게 물렸다. 가벼우면 찰과상, 보통은 중상을 입었다. 시사 때마다 너덜너덜해진 미연은 이 때문에 엄청난 스트레스를 받았다. 불지옥 같은 시사를 마치고 미연은 팀장에게 하소연했다.

"팀장님! 오늘 국장 하는 거 봤죠? 왜 맨날 나한테만 뭐라고 하는 거야. 이번에도 우리 팀 시청률이 훨씬 잘 나왔는데 칭찬은 개뿔, 고생했단 소리 하나 없고. 정 작가 앞에서는 입만 헤 벌리고 뭐라 한마디도 못하고. 나도 파리처럼 사바사바라도 해야 하나."

미연은 마음에도 없는 소리를 했다. 위로받고 싶었을 것이다. 그도 그럴 것이 박 팀장과 사 년 넘게 얼굴을 본 사이고, 그녀가 누구보다 열정을 가지고 프로그램을 만든다는 사실을 모를 리 없었다. 하지만 그의 대답은 상상치 못한 방향이었다.

"그러니까 미연 작가도 정 작가 좀 보고 배워요. 국장 비위 잘 맞추고 그러니까 시청률 낮아도 별소리 없이 넘어가 주고 하잖아. 요즘 세상에 열심히만 한다고 알아 주지 않는다고."

미연은 심장에 구멍이 뚫리는 기분이었다.

일주일 후, 정 작가를 그렇게 칭찬했던 박 팀장이 그녀에게 된통 당하는 사건이 발생했다.

또 시사 날이었다. 시사 시작 전, 지난 방송 모니터 회의를 먼저 해야 하는데 회의 시간 십오 분이 지나도록 정 작가가 나타나지 않았다. 심기가 불편해진 국장의 눈치를 보느라 다들 좌불안석이었다. 그녀 없이 회의를 시작하려던 찰나, 속눈썹을 한껏 말아 올린 그녀가 등장했다.

그녀는 갤러리 오픈식에나 보낼 법한 꽃이 주렁주렁 달린 '난 화분'을 안고 있었다. 프리미엄 제과 브랜드 케이크를 한 손에 든 채.

"죄송합니다! 너무 늦었죠? 오늘 국장님 생신이시잖아요~ 생신 축하드려요! 이거 준비하느라."

국장은 뭘 이런 걸 준비했느냐고 타박했지만 싱글벙글 입이 귀까지 찢어진 상태였다. 미연은 같은 프로그램을 하면서 한마디 상의 없이 국장의 생일을 챙긴 정 작가에게 조금 서운했지만, '그래, 그렇게라도 살아남아야겠지' 하고 이해했다.

그날 시사에서도 국장은 미연에겐 엄격했고, 지각을 한 정 작가에겐 한없이 너그러운 평가를 내렸다. 미연은 그날 퇴사를 결심했다.

시사가 끝나고 집으로 돌아갈 시간, 정 작가는 갑자기 지갑을 뒤적거리더니 박 팀장에게 하얀 종잇조각을 불쑥 내밀었다.

"팀장님, 이거 국장님 생일 선물 산 거거든요? 영수증 처리 부탁해요."

박 팀장의 벙찐 표정을 본 미연은 십 년 묵은 체증이 쑥 내려가는 기분이었다고.

생각보다 우리 주변에는 정 작가 같은 사람이 꽤 많다. 그런 사람을 볼 때마다 세상 참 삐딱하다는 걸 느낀다. 성실한 사람은 보통 오래 살아남지 못한다. 흔히 말하는 '회사 체질'이 아니라고 해야 할까.

반면, 일머리는 부족하고 게을러도 귀신같이 빨대를 잘 꽂는 사람들이 있다. 여러 사람에게 피해를 주지만 끝까지 살아남는 자는 보통 그들이다.

얼마 전, 옛 동료에게서 전에 근무했던 회사 소식을 듣고 깜짝 놀랐다. 일을 남에게 미루고 잔꾀만 부려 모든 작가의 적이기도 했던 홍 피디가 초고속 승진을 했단다.

다른 피디와 작가들의 근황을 물으니, 대부분 그만뒀다고 했다.

모두가 그만두는 동안 그 혼자 사다리 위에 올라가 있던 것이다. 그만둔 사람들의 퇴사 이유는 안 봐도 훤했다.

민폐를 끼치면서라도 어떻게든 살아남는 게 나을까, 인정받지 못해도 스스로에게 떳떳한 게 나을까.

음, 질문이 잘못됐다. 민폐를 끼치는 사람은 보통 자신에게도 떳떳하니. 확실한 건, '성실한 사람에게 빨대를 꽂고 살아 보는 건 어떻겠느냐'는 헛소리만은 하지 말아야 한다는 것이다.

정시퇴근이란
무엇인가

"어디 일 잘하는 막내작가 없냐, 막내 안 구해져서 죽겠다 진짜."
"나는 일 못해도 좋으니까 그냥 막내만 제발."

막내작가 구하기가 '하늘의 별따기'로 불린 지 벌써 꽤 오래전이다. 어쩌면 공룡과 함께 멸종됐다는 소문이 사실일지도 모른다. 최저임금과 열악한 근무 환경이 외부에 알려지면서 예전보다 막내작가를 지원하는 수 자체가 많이 줄었고, 삼 개월 넘게 한 프로그램에 정착하는 이가 흔치 않았다. 각 프로그램의 메인작가들은 하루걸러 너도나도 막내작가를 구해 달라며 아우성이었다.

게다가 지금의 막내작가들은 누구인가! 그 유명한 90년대 생이다. 이들은 선배들이 퇴근할 때까지 눈치를 보며 집에 가지 못했던 찌질한 삼십 대 중반의 현 메인작가들과는 사고방식이 다르다.

아무리 방송 일이 '지금까지 그래 왔다' 하더라도 불합리적이라는 생각이 들면 참지 않는다. 누구보다 자신을 소중히 여기고 당당한 이들의 사고방식을 지지한다.

하지만 노동 시간이 유동적일 수밖에 없는 현 방송 시스템을 이해하지 못하면 방송 일을 지속하기 힘든 게 안타까운 현실이기도 하다. 방송 일의 특성상 정시퇴근은 불가능에 가깝다.

스케줄은 늘 빠듯하고 진행 상황도 무엇 하나 확실한 게 없다. 이슈에 따라 아이템이 손바닥 뒤집듯 바뀔 수 있고, 출연자가 갑작스레 변심을 하기도 했다. 방송이 임박했는데 섭외가 안 되는 날은 너나 할 것 없이 텔레마케터처럼 전화기를 붙들고 매달려야 하는 일도 부지기수다.

그 귀하다는 막내작가를 구하고 있을 때였다. 스팸메일 더미 속에서 반짝반짝 빛나는 이력서 한 통이 눈에 띄었다. 똑똑한 인상의 친구였다. 막내작가 일을 육 개월 정도 해 봤다고 하니 더 묻고 따질 것도 없이 무조건 합격이었다.

하지만 간과한 사실이 있었다. 그녀가 처음 일했던 프로그램은 캠페인성의 간단한 프로그램으로, 여섯 시 정시퇴근이 가능했다는 것을. 방송계에서는 극히 드문 경우였지만, 그녀에겐 첫 경험이 전부였고 그것이 유일한 기준이었다.

"작가님, 여섯 시인데 저 들어가 봐도 될까요?"

그녀가 쓴 예고 문구를 검토하고 있던 나는, 나도 모르게 "어어! 얼른 들어가" 하고 미안한 목소리로 답했다. 가방을 들고 떠나는 그녀의 당당한 뒷모습을 보고 뒤늦게 현실을 자각했다. '뭐야, 자기가 쓴 예고 문구를 아직 보고 있는데 확인도 안 하고 가네.'

의아했다, 나는 막내작가였을 때 메인작가가 고쳐 주는 원고를 보며 글을 배웠다. 아직까지 방송작가는 도제식 시스템이라 그렇다. 그녀에게 방송작가라는 일은 그저 돈을 받는 것 외에는 의미가 없는 것일까. 아마 그렇진 않을 것이다. 돈을 어지간히 조금 주니까 말이다.

그녀가 미처 마무리 짓지 않은 일을 조연출이나 내가 처리하는 일이 잦아졌다. 섭외를 자꾸 뒤로 미루다 보니, 결국 출연자를 찾지 못해 기존 출연자를 재탕하는 일까지 발생했다. 자료 조사를 제대로 하지 않으니, 내가 일일이 팩트 체크를 해야 하거나 처음부터 다시 찾아야 하는 일도 생겼다.

그러거나 말거나 막내작가의 공무원 생활은 그 다음 날도, 그 다다음 날도 계속됐다. 섭외가 제대로 되지 않아도 그녀는 신데렐라처럼 여섯 시 땡 치면 가방을 챙겼다. 한 번쯤은 자신이 처한 상황을 인지시킬 필요가 있었다. 노트북을 끄려는 그녀에게 물었다.

"아까 하던 섭외는 어떻게 됐어?"
"아 그거, 내일 와서 하려고요."
"내일은 보도 자료도 있고 자막도 써야 하잖아. 섭외할 시간 있겠어?"
"아, 근데 오늘 약속이 있어서."

그녀는 울상으로 다시 자리에 앉았고, 화가 났다는 걸 만천하에 알리겠다는 듯 키보드가 부서져라 타자를 쳐댔다. 메신저로 친구에게 분명 내 욕을 하고 있으리라.

마음속으로는 '일하기 싫으면 때려 쳐!'라고 수없이 외쳤지만, 언감생심 귀한 막내작가님께 그런 말을 꺼낼 순 없었다. '모시는 한'이 있더라도 없는 것보단 있는 게 나았다. 참아야 하느니라. 그게 메인작가의 업보다.

얼마 지나지 않아 그녀의 쿨한 행보에 정점을 찍는 사건이 발생했다. 촬영을 하루 앞두고, 출연하기로 했던 사람이 갑자기 교통사고를 당했다는 연락이 왔다. 발등에 불이 떨어진 제작진은 작가, 피디 할 것 없이 새로운 출연자를 찾아 나섰다.

아는 작가, 아는 작가의 아는 작가, 친척의 고등학교 동창생까지 수소문을 해서라도 오늘 안에는 무조건 찾아내야 했다. 말 그대로 긴급 상황. 어느새 오후 여섯 시, 신데렐라의 활동 시간이다. '설마, 오늘 같은 날도 먼저 가겠다는 건 아니겠지?' 하지만 예외는 없었다.

"작가님, 저 진짜 죄송한데요. 저도 방금 연락을 받았는데 아빠가 좀 다치셨나 봐요. 병원에 가 봐야 할 것 같아요."

그녀는 평소답지 않게 울먹거렸고, 진심으로 미안한 표정이었다. 부모님이 편찮으시다는데 어쩌겠는가.

"아휴, 무슨 일이야. 별일 없으셔야 할 텐데. 그래 얼른 들어 가."

그녀를 신경 쓸 시간에 전화 한 통이라도 더 돌리는 편이 나을 것이다. 온 제작진이 나서서 섭외를 했고 역시 죽으란 법은 없었다. 기적적으로 새로운 출연자를 찾아낸 것이다.

녹초가 된 몸으로 허겁지겁 막차에 올라탔다. 긴 하루였다. 나는 습관처럼 페이스북을 열었다. 열지 말 걸, 못 볼 꼴을 보고 말았다. 막내작가님께서는 남자친구와 강원도 펜션 여행 중이셨다.

배신감에 화가 발가락 끝부터 치밀어 올랐다. '거짓말을 할 거면 완벽하게라도 하든가' 모래사장 위에서 다정하게 찍은 커플 운동화 사진에 '좋아요'를 꾹 눌렀다. 옛다, 관심이다!

주말이 지난 후, 막내작가 자리에 얌전히 놓여 있던 그녀의 노트북이 연기처럼 사라졌다. 말 한마디 없이 그만둔 것이다. 일과 삶의 균형을 중시하는 그녀가 시키지도 않은 주말 출근을 했다니 놀라울 따름이었다.

그렇다고 막내작가의 입장이 전혀 이해되지 않는 건 아니다. 최저시급 수준의 페이를 받는데 누가 야근까지 하고 싶겠는가. 결국은 돌고 돌아 시스템의 문제로 귀결된다. 이 시스템이 '모두에게' 합리적으로 돌아갈 때까지 막내작가는 점점 더 사라질 것이고, 메인작가는 울며 겨자 먹기로 그들을 붙잡아야 할 것이다.

언제부턴가 우리 사회에 '꼰대 경계경보'가 울리기 시작했다. 삼십 대를 넘긴 직장인들은 혹시나 자신이 꼰대일까 걱정하며 남몰래 '꼰대 자가 진단 테스트'를 해 보고, 하고 싶은 말이 있어도 그놈의 꼰대 소리를 들을까 봐 꾹 눌러 삼킨다.

나 역시 나이가 벼슬인 양 행동하는 꼰대를 혐오한다. 상사의 눈치를 보며 사무실을 지키는 게 미덕인 문화 역시 하루 빨리 사라져야 한다고 생각한다.

하지만 꼰대 소리를 들을지언정 누군가는 그 자리를 지켜야 했다. 모두가 자신의 권리를 주장했다가는 수레바퀴가 멈춰 버릴지도 모른다는 불안 때문이었다. 시스템의 불완전함은 누군가의 희생으로 근근이 돌아갔고, 그 희생 때문에 비합리적인 현실은 계속 되풀이됐다.

교양물, 라디오, 드라마까지 도전하는 방송작가

Q. 작가님, 간단히 자기소개 부탁드립니다!

안녕하세요. 방송계에서 보기 드문 남자 작가 박서진입니다. 일한 지 십 년 되었고요, 〈추적 60분〉으로 입봉해서 주로 시사교양물을 하다가 보도국을 거쳐 라디오까지 오게 됐네요.

Q. 교양프로그램에 보도국, 라디오까지 다양한 분야를 섭렵하셨네요. 구성작가는 한 분야에 정착하는 경우가 많잖아요, 프로그램을 옮겨간 특별한 이유가 있나요?

프로그램 선택 기준은 늘 호기심이었던 것 같아요. 방송 하나를 끝내고, 세상을 알면 알수록 제가 모르는 세계가 끝도 없이 쏟아지더라고요.

그래서 탐사보도프로그램인 〈추적 60분〉 다음으로 고발프로그램 〈먹거리 X파일〉을 선택했고, 좀 더 일상과 밀접한 교양정보프로그램에도 있어 봤고요.

그러다 또 이놈의 호기심이 보도국으로 촉을 마구 보내기 시작하더군요. 뉴스의 세계는 어떨까. 그래서 교양작가로선 흔치 않게 보도국 문을 두드렸습니다. 운이 좋아 시사 라디오 〈시사전망대〉까지 간 거죠.

요즘같이 볼거리가 많은 시대에 멍하니 있다간 뒤처지는 건 순식간이란 위기감도 생기더군요. 급변하는 방송계에서 꼭 갖춰야 할 철칙이 있다면 호기심이 아닐까 싶습니다.

Q. 보통 텔레비전으로 시작한 방송작가는 쭉 텔레비전만 하고, 라디오도 그렇잖아요. 매체 간 성격이 달라서 이동이 어렵다고 알고 있는데, 어떻게 가능했는지?

먼저 제가 일했던 라디오 분야는 비교적 자리가 많이 나는 시사라는 걸 말씀드립니다. 정말 우연한 기회에 선배의 추천으로 들어가게 됐어요.

사실 매체를 옮겨 가는 것뿐만 아니라, 교양프로그램을 하다가 뉴스를 하는 보도국으로 옮기는 일도 쉽지 않습니다. 원고부터 방송 방식까지 아예 다르거든요.

하지만 보도국에서 시사 라디오로 옮겨 가는 건 오히려 쉽습니다. 원고가 비슷해서요. 그래서 라디오와 보도국 일을 겸하는 작가들이 좀 있습니다.

Q. 라디오 작가의 경우, 텔레비전 구성작가와 어떤 부분이 가장 다른지? 각자 다른 매력이 있을 것 같은데요?

라디오와 텔레비전의 방송 방식은 아주 다릅니다. 눈에 보이는 것과 듣는 것의 차이예요. 당연한 말이겠지만, 텔레비전은 어쨌든 영상물이기 때문에 화면에 무엇이 나갈 수 있는지를 고민해야 합니다. 강력 사건을 다룰 때 현장을 촬영한 영상이 있는지, 관련 영상 자료가 있는지 등이 중요한 거죠.

반면, 라디오는 영상 자료 유무에서 자유롭습니다. 듣기만 하니까요. 전문가의 분석 등이 더 중요합니다. 강력 사건 피의자의 심리를 다채롭고 깊게 분석할 수 있는 전문가 섭외가 관건이죠. 라디오와 텔레비전의 매력도 바로 이 차이 아닐까요.

라디오를 경험한 시간이 적고 제가 일한 분야도 시사에 국한되어 라디오 매체의 위기를 언급하는 건 조심스럽습니다. 다만, 예능 라디오의 '보이는 라디오'를 시사 라디오에서도 활용하는 등 시청자의 관심을 끌기 위한 시도를 하고 있어요.

라디오에는 영상물을 다루는 방송과는 다른 매력이 무궁무진하다고 생각합니다. 텔레비전은 시청 과정에서 온갖 노이즈(잡음)가 발생합니다. 단적으로 텔레비전은 사회자의 말을 들으면서도 표정과 몸짓 등을 같이 보게 되죠. 시청자의 집중력을 흩트릴 수 있습니다.

반면, 라디오는 오직 듣기만 하니 노이즈가 끼기 어렵죠. 그래서 어떤 진행자는 텔레비전보다 라디오 진행이 더 긴장된다는 말도 합니다.

시청자의 요구와 눈높이가 다양한 요즘, 어떤 방송 분야든 위태로운 건 마찬가지라고 봅니다. 중요한 건 시청자의 흥미를 어떻게 사로잡을지 계속 관찰하고 시도하는 거라고 생각해요.

다시 호기심이라는 단어를 꺼내게 되네요. 방송 매체에서 제가 경험해 보지 못한 분야가 드라마더군요. 사람들이 열광하고 시대가 흘러도 기억되는 드라마는 어떻게 만들어지는 걸까, 더불어 내 호기심을 드라마에 얼마나 적용할 수 있을까. 그런 의문에서 드라마 공부를 시작하게 됐습니다.

드라마의 시작은 일단 교육원이 아닐까 싶습니다. 물론 독학해서 성공하신 분들도 있지만, 단기간에 할 수 있는 일이 아니니 체계적으로 교육받는 것을 추천드립니다. 보통 오 년은 해 봐야 한다고 하죠.

교육원을 나온다고 다 드라마 작가가 되는 건 아닙니다. 공모전에 당선되거나 기성 작가들의 보조작가 일을 하면서 실력을 쌓다가 기회를 잡기도 합니다. 뭐 하나 쉽지 않죠. 방송사와 드라마 콘텐츠가 다양해지면서 기회는 더 많아졌지만 경쟁도 치열해졌거든요.

그럼에도 드라마작가에 도전하는 분들이 하나같이 하는 말은 '즐거우니까'예요. 이야기를 만들고 감정을 건드리는 즐거움이 첫사랑의 설렘만큼 강렬하다고요. 저도 겨우 교육생이지만, 즐길 수 없다면 견디기 힘든 어려운 길이라고 조심스럽게 말씀드리고 싶네요.

3부

그래도 웃었으면 좋겠다

상사의 한마디에
울고 웃던 시절

'상상적 청중'이라는 말이 있다.

발달심리학에 따르면, 청소년기에는 자의식이 넘쳐 모든 사람이 나에게 주목하고 있는 듯한 느낌을 받는다고 한다. 온 세상이 나를 중심으로 돌아간다고 착각하는 것과 비슷하다. 맨 얼굴로 활개를 치고 다니는 지금과 달리, 투명 화장에 공들이며 외모에 신경 썼던 중고등학생 시절을 떠올려 보면 그런 것도 같다.

한편, 모두가 날 주목하고 있다고 생각하니 작은 일에도 엄청난 용기가 필요하다. 타인은 눈치도 채지 못할 만큼 작은 실수를 해도 혼자 크게 느끼고 절망하기 때문이다. 그런데 성인이 돼서까지 내가 그럴 줄은 몰랐다.

막내작가로 이제 막 일을 시작했을 무렵이다. 섭외 전화를 해야 하는데 도무지 수화기를 들 용기가 나지 않았다. 옆에 앉아 있는 메인작가가 문제였다. 그녀는 그저 본인 할 일을 하고 있었을 텐데, 마치 나의 일거수일투족을 감시하는 듯 느껴졌다. 몇 시간째 화장실도 안 가는 그녀가 원망스러웠다. 나는 괜히 물티슈를 한 장 뽑아 노트북과 전화기를 꼼꼼히 닦았다. 최대한 시간을 벌어 보려는 것이다.

'전화 걸어서 처음엔 뭐라고 말하지. 이런 건 방송아카데미에서도 가르쳐 준 적이 없는데… 이론과 실제가 이렇게 다르다니! 안녕하세요, EBS 방송국입니다? 아니야, 여긴 엄밀히 말하면 방송국은 아니고 제작사잖아. 그렇다고 EBS 방송을 만드는 제작사입니다? 이건 너무 구구절절하단 말이지.'

혼자 끝 모를 뫼비우스의 띠 안을 돌고 있을 때, 불쑥 구원자가 등장했다. 그녀는 내 앞자리에 앉아 있는 같은 팀 막내작가, 나보다 두 살 위인 미영 언니였다. 내가 들어오기 삼 개월 전에 입사했다고 했다.

같은 막내작가였지만 삼 개월 차이는 엄청났다. 그녀가 섭외 전화를 하는 모습은 가히 예술이었다. 오랜 친구와 통화를 하듯 자연스러웠다. 수화기를 한쪽 뺨과 어깨 사이에 끼운 채 양손으로는 취재 내용을 빠르게 타자로 쳤다.

"그러니까~ 응, 응, 그랬는데? 어머 어머 쥔~짜?" 하면서 어르신과도 친근하게 반말을 섞어가며 대화했다. 그녀의 말투는 세상 누구보다 살가웠다. 그야말로 섭외의 신이었다. 섭외의 신이 나에게 은혜로운 파일을 내리셨다!

"섭외 전화 매뉴얼이야. 이 양식대로 질문하면 돼."
"고마워, 언니."

살가운 데다가 친절하기까지 한 그녀. 나의 마음을 헤아려 준 그녀가 눈물 나게 고마웠다. 한글 파일 하나에 천군만마를 얻은 듯 든든했다.

안녕하세요. ABC 프로그램 담당하는 ○○○ 작가입니다.
실례지만 통화 가능하신가요? 다름이 아니라 저희 프로그램은~

1. 출연자 이름

2. 사는 곳

3. 하는 일

4. 가족관계

5. 하루 일과

6. 출연 의사

7. 기타 등등

언니가 준 파일에는 기본적인 호구 조사부터 출연자를 섭외할 때 반드시 물어봐야 하는 상세한 질문 목록이 순서대로 적혀 있었다. 이대로 질문만 하면 원하는 내용을 모두 알아낼 수 있을 것이다. 살았다! 나는 그녀가 준 매뉴얼을 띄워 두고 용기를 내 전화기를 들었다.

하지만 형식은 형식일 뿐, 예비 출연자와 통화를 하면서 이야기는 자꾸만 안드로메다로 향했다. 수다스러운 예비 출연자는 내가 전혀 궁금하지도 않은 자신의 반려견 이야기를 삼십 분 넘게 해 댔고, 나는 그의 말을 어떻게 끊어야 할지 몰라서 전전긍긍하다가 질문도 다 하지 못한 채 녹초가 돼 버렸다.

'이 사람은 안 되겠다.'

기사와 뉴스를 샅샅이 뒤져 다른 출연자를 물색하기 시작했다. 나는 한 직업에서 삼십 년 넘게 일한 장인을 찾고 있었다. 요즘 시대에 한 가지 일을 오랫동안 하는 사람은 흔치 않았고, 그렇다고 너무 연세가 드신 분은 인터뷰가 힘들어 곤란했다.

마침내 어렵사리 장인이라는 이름에 걸 맞는 '도목수' 한 분을 찾았다. 십 대 후반에 목수 일을 시작하셨고, 지금은 우두머리 목수로 한옥을 짓고 건축 문화재를 수리하는 일도 한다고 했다.

한 시간 넘게 통화를 이어 가며 취재 내용을 받아 적었다. 말씀도 유창하게 잘하셨고, 말 하나하나에서 진정성이 느껴졌다. 완벽한 출연자를 찾았다고 속으로 감탄했다. 더 이상 물어볼 게 없을 정도로 샅샅이 다 캐냈다고 확신하며 전화를 끊었다. 자신감에 찬 목소리로 메인작가한테 취재 내용을 읊었다.

"언니, 이분은요. 목수 일을 삼십칠 년째 하고 계신데요…."
"오, 괜찮네. 보통 일하실 때 출퇴근 시간은 어떻대?"
"그건 못 물어봤는데…."
"다시 전화해 봐."
"네…."

나는 다시 전화를 걸었다.

"아 선생님~ 통화 되세요? 방금 전화드린 작간데요. 제가 깜박하고 못 여쭤 본 게 있어서요. 보통 출퇴근 시간이 어떻게 되세요? 네네, 알겠습니다~ 감사합니다, 좋은 하루 보내세요!"

"보통 아홉 시부터 오후 여덟 시까지 일하시는데, 일이 갑자기 몰리면 주말에도 쉬는 날 없이 일하신대요."

"주말에 일 안 하는 날엔 뭐 하시는데?"

"일 안 할 때요?"

"다시 전화해서 물어봐."

'다시 물어보라고? 이미 좋은 하루 보내라고 했는데. 통화하는 거 귀찮아하시던데 자꾸 전화 걸어서 방송 나가기 싫다고 하면 어쩌지.'

어렵게 잡은 출연자의 심기를 거스를까 봐 불안했다. 망설이는 동안에도 한쪽 뺨으로 메인작가의 시선이 느껴졌다. 어쩔 수 없이 다시 다이얼을 눌렀다.

"서, 선생님! 네, 방금 그 작간데요. 바쁘시죠? 하하. 마지막으로 한 가지만 더 여쭤 볼 게 있어서요. 네네 짧게만요, 죄송해요." 전화를 끊고 나는 기어가는 목소리로 말했다. "주말에 쉴 때는 특별

히 하는 거 없으시다고….ʺ

답변을 내 놓자마자 부메랑처럼 되돌아오는 메인작가의 질문.

ʺ가족들은 안 만나신대? 취미 같은 건 없으시고? 아니면 우리가
취미 활동하시는 거 만들어서 찍자고 하면, 하실 순 있으시대?ʺ
ʺ아, 그거까지는….ʺ
ʺ어떻게 넌 내가 물어보라는 것만 딱 물어보니? 그분 전화번호
줘 봐.ʺ

내가 하고 싶은 말이었다. ʻ언니는 어떻게 내가 안 물어본 거만
물어보세요?ʼ 얼굴이 화끈거렸다. 창피해서 눈물이 나올 것 같았
다. 앞에 앉아 있는 미영 언니가 내 눈치를 살피는 게 느껴졌다. 시
선을 어디에 둬야 할지 난감했다. 고개를 푹 숙이고 있는데 목구
멍이 따갑고 눈앞이 어른어른 흐려졌다.
화장실로 가자. 최대한 아무렇지 않은 척하며 사무실 문밖을 나
왔다. 오늘따라 복도는 왜 이렇게 길게 느껴지는지. 뒤에서 누군
가 따라오는 발소리가 났다. 분명 메인작가다. 속도를 내어 뛰듯
화장실로 갔다. 뒤따라오는 발소리도 빨라졌다. 망했다!

"너 울어? 야, 뭐 그런 거 갖고 울고 그래. 처음엔 다 그런 거지. 으이구."

메인작가의 따스한 다독거림이 나의 눈물을 더욱 길어 올렸다.

"언니, 저 세수 좀 하고 나갈게요."
"그래. 언니가 너 미워서 그런 거 아니야, 알지?"

빨갛게 충혈된 눈, 일그러질 대로 일그러진 표정. 거울 속에 웬 꼴뚜기 한 마리가 서 있었다. 스물넷이나 된 나이는 도대체 어디로 잡수신 걸까.

사무실로 돌아가기 싫었다. 할 수만 있다면 화장실에서 영원히 살고만 싶었다. 하지만 별 수 있나, 빨리 섭외를 마쳐야지. '빨리 감기' 버튼을 누르듯 나를 빠르게 타일렀다.

자리에 돌아와 취재노트를 뒤적거리는데 뭔가 이상했다.

'어? 목수 선생님 전화번호가 어디 갔지? 분명 여기 적어 둔 것 같은데!'

여러모로 고달팠던 막내작가 시절. 가장 힘든 건 마음 놓고 울

시간조차 허락되지 않았다는 점이었다. 외로워도 슬퍼도 시간 안에 섭외를 끝마치는 게 먼저였으니, 앉아서 울고만 있기에는 눈앞엔 산더미 같이 쌓인 일이 먼저 보였고 '일을 다 마치고 울어야지' 하면 이미 눈물이 다 말라 버린 뒤였다. 속상해할 시간이 부족했던 게 오히려 다행이었을까.

지금이야 길 가는 사람 붙들고 십 분 넘게도 대화를 이어 갈 만큼 뻔뻔해졌지만, 전화 통화 한 번 할 때마다 심호흡을 해야 했던 그 시절의 나를 기억한다.

다행히 시간이 지날수록 심호흡의 간격은 넓어졌다. 컵이 가득 차야 물이 흘러넘치듯, 어느 정도 시간이 흘러야만 해결되는 문제들이 있다.

요령이라는 이름의 일머리가 그랬다. 내가 아무리 완벽하게 준비해도 상사의 눈에는 허점투성이였고, 전부 내가 부족해서라고 여겼다. 이제는 안다. 누구나 겪는 통과 의례일 뿐이라는 것을.

비상구였을지도 모를
비밀 사내 연애

유럽 여행 중 알게 된 동생 지윤은 종종 나에게 연애 상담을 요청했다. 비교적 짧은 기간 안 사이였지만, 우리는 서로의 비극적인 연애사를 공유하면서 급속도로 친해졌다. 그러던 어느 날, 나름 험난한 연애를 겪었다고 자부했던 나는 그녀의 이별 소식에 무릎을 꿇고 말았다.

지윤은 회사 대리와 육 개월 전 비밀 연애를 시작했다고 했다. 처음엔 이상형과 거리가 멀어 큰 관심이 없었지만, 그의 계속되는 구애에 넘어갔고 그에게 푹 빠져 버렸다. 회사에 알려지면 좋을

게 없으니 비밀을 유지하자는 그의 말에 그녀 역시 동의했다.

하지만 뜨거웠던 연애는 삼 개월 만에 시들해졌고, 지윤은 매일 같이 술을 퍼마시며 나에게 하소연했다.

"좋다고 할 땐 언제고, 완전 변했다니까요! 오징어 같은 놈."

명확한 이별의 사인도 없이 흐지부지 끝난 연애보다 더 황당했던 건, 삼 개월 후 그가 수줍게 내민 청첩장. 청첩장 속 신부는 다름 아닌 지윤의 직장 상사였다. 양다리도 속이 뒤집어지는데 상사라니요!

사실 나는 비밀 연애에 부정적이었던 터라 그녀의 결말을 어느 정도 예상했지만, 그렇게 막장으로 끝날 줄은 몰랐다. 지윤만큼은 아니어도 나 역시 아찔했던 순간이 있었다. 아, 맑고 투명했던 순수의 시절이여!

막내작가로 일한 지 일 년 정도 됐을 무렵이다. 여느 때처럼 촬영 영상을 보며 열심히 타자를 치고 있는데, 옆 팀 메인작가의 깔깔거리는 웃음소리가 이어폰 사이로 침투했다. '무슨 재미있는 일이라도 있나?' 나는 이어폰을 그대로 귀에 끼워 둔 채 영상 정지 버튼을 눌렀다.

"걔네가 나 때문에 헤어졌다는 거야! 나 완전 상상도 못했잖아."

나는 호기심에 귀를 쫑긋 세웠다. 사연은 이러했다.

아주 오래전 일했던 제작사에서 비밀 연애를 하던 막내작가와 조연출 커플이 있었다고 한다. 자신이 조연출과 친하게 지내자 막내작가가 질투를 했고, 둘은 매일 불같이 싸우다가 결국 헤어졌다는 것이다. 그 사실을 한참 지난 후에나 들었고, 당시 그들이 연애를 하는 줄은 꿈에도 몰랐다고 했다. 물론 자신은 새파란 조연출한테 쌀알만큼의 관심도 없었다면서.

사연을 듣자마자 양팔에서 닭살이 돋았다.

'헐. 나 들으라고 하는 소린가?'

당시 나는 조연출과 사내 연애를 하고 있었다. 물론 회사 내에서 이를 아는 사람은 같은 처지의 막내들밖에 없었다. 아니, 그렇다고 굳게 믿고 있었다. 그녀는 이미 모든 걸 알고 있는 걸까. 뼈 때리는 말은 계속됐다.

"혹시 이 안에도 막내 커플 있는 거 아냐?"

그녀의 한마디에 메인작가들은 동시에 "에이 설마!"를 외치며 우리 막내들을 둘러봤다. 바늘에 찔린 듯 명치가 따끔했다. 나는 최대한 포커페이스를 유지한 채 다시 프리뷰 재생 버튼을 눌렀다.

헤어졌다는 커플이 이해가 갔다. 사실 우리도 그녀 때문에 하루가 멀다 하고 다투고 있었으니. 그녀는 막내작가들과는 거리가 있는 반면, 조연출들에겐 다정하고 재미있는 선배였다.

나는 '막내작가는 직속 후배지만 조연출은 아니니까, 우리도 메인작가님들보단 피디님들이 더 편하니까'라고 최대한 이해해 보려 했지만 마음 상하는 일이 잦았다. 남자친구였던 조연출이 어느 날 그녀의 편에 섰을 때는 화가 나다 못해 어처구니가 없었다.

"아까 담배 피울 때 그러시더라고. 자기는 친해지고 싶은데 막내작가들이 너무 자기들끼리만 어울려서 친해지기 어렵고 무섭다고. 너희들이 먼저 다가가 봐."

'뭐? 누가 누굴 무서워한다고?' 말문이 막혔다. 그녀의 두 얼굴이 더 무서웠다. 그녀는 막내작가들과는 웬만해서 대화도 잘 안 하고 밥을 먹으러 가지 않았지만, 조연출들과는 종종 식사를 함께했다.

막내작가 중에는 흡연자가 없어서였을까, 그녀는 조연출에게 담배를 피우러 가자며 나가서 한참을 들어오지 않을 때도 많았다.

돌아올 때는 늘 조연출의 손에 스타벅스 커피가 들려 있었다. 매번 거슬렸지만 어쩔 도리가 없었다.

그렇다고 비밀 연애 중인데 "또 어디 가는데!" 하고 따져 물을 수도 없는 노릇, 비흡연자인 내가 그를 따라 담배를 피우러 가는 것도 이상하다.

한마디로 상황이 구질구질했다. 둘이 사무실 밖으로 나간 뒤 한참 동안 돌아오지 않으면, '담배 피우러 간 거야, 놀러간 거야' 하고 혼자 속을 끓였다.

정말 그녀의 말처럼 질투인지도 모른다. 그녀가 조연출인 그보다 나이가 훨씬 많아도 안심이 되지 않았다. 대단한 미녀는 아니어도 그녀는 늘 당당했으며 자리를 확고히 잡은 '메인작가'였고, 나는 이제 막 섭외 전화 울렁증을 벗어난 쭈글쭈글한 '막내작가'였으니. 차라리 회사에 연애를 하고 있다고 확! 공개라도 하고 싶은 심정이었다.

우리는 어쩌다 사내 커플이 됐을까. 밤새 티격태격 예고 영상을 만들면서 미운 정 고운 정이 붙어 버렸다. 아이템이 엎어져 내가 힘들어하면, 그는 어디선가 나타나 따뜻한 커피를 건넸다.

상대적으로 편해 보이는 상사들을 욕하면서 우린 똘똘 뭉쳤다. 서로의 고충을 굳이 길게 설명할 필요가 없으니 대화가 편했다. 무엇보다 일상 대부분을 제작사 안에서만 보냈기 때문에, 다른 사람을 아예 만날 수조차 없었다. 다른 제작사에도 피디와 작가 커플이 은근히 많았던 걸로 안다.

비밀 사내 연애가 달콤하지만은 않았다. 마음에 들지 않는 장면을 목격해도 내색할 수 없었고, 보기 싫어도 봐야만 했다. 싸운 상태라도 아무렇지 않게 함께 일해야 하니 수시로 촉각이 곤두섰다.

조연출의 일상은 막내작가보다 더 혹독했다. 산처럼 쌓인 테이프를 일일이 디지털 파일로 변환하느라 매일같이 회사에서 밤을 새웠다.

지방 촬영을 나가면 일주일씩 돌아오지 못했다. 그럴 땐 보고 싶어 죽겠어도 자기 전에 하는 짧은 통화가 전부였다. 그마저도 피곤해서 깜박하면 또 망부석처럼 하루 종일 전화만 기다려야 했다.

둘의 월급을 합해야 겨우 백구십만 원, 없는 시간과 돈을 쪼개 그렇게 연애를 이어 갔다.

그래도 자갈길을 함께 걷고 있다는 유대감이 있었다. 방송 일을 하지 않는 사람과는 연애는커녕, 친구로 삼기도 힘들 거라고 믿던 시절이었다. 그렇게 자주 싸워도 쉽게 헤어지지 못했던 이유는, 애인이자 끈끈한 동지였기 때문이리라.

몸과 마음이 고단할 때 의지할 사람이 있다는 건 분명 힘이 솟는 일이다. 그래서 바쁘고 괴로울수록 사랑하기를 멈추지 말아야 한다. 그 속엔 좁지만 야무진 숨구멍이 숨어 있으니까, 오랜 세월이 흐른 뒤 서랍 속에서 꺼내 볼 추억은 많으면 많을수록 좋으니까.

사내 연애가 금지도 아닌데 우린 왜 그렇게 꽁꽁 숨겼을까, 차라리 드러냈으면 덜 싸우지 않았을까. 어쩌면 상사에게 모든 걸 보고해야 했던 숨 막히는 현실 속에, 유일한 비상구였을지도 모르겠다.

나는 서강대교가
무너졌으면 좋겠다고 생각했다

막내작가로 일한 지 일 년 이 개월이 넘어갈 때쯤, 비슷한 시기에 일을 시작한 친구들이 하나둘 서브작가로 입봉했다. 나는 마음이 조급해졌다. 나도 자료 찾고 섭외만 하는 일이 아닌, 제대로 된 '글'을 써 보고 싶었다.

하지만 내가 막내작가로 일하고 있던 제작사에는, 호흡이 긴 다큐멘터리만 있었고 초짜 작가가 입봉하기 좋은 짧은 꼭지 프로그램이 없었다.

회사를 그만두어야 하나 고민하던 차, 먼저 서브작가가 된 친구에게서 반가운 연락이 왔다. 그녀가 일하는 아침 생방송 서브작가 자리에 공석이 생겨 나를 추천했다는 것이었다. 기회였다!

그동안 막내작가로 일하며 터득한 내용을 자기소개서에 정성껏 풀었고, 형식적인 면접 끝에 합격했다. 역시 방송계에선 지인 소개만큼 확실한 취업 루트가 없었다.

막내작가에서 서브작가가 되는 건, 작가로서 큰 의미가 있다. 내가 책임져야 할 '코너'가 생기기 때문이다. 메인작가나 서브작가의 '도우미'로만 존재하다가, 진정한 '작가'로 거듭난 기분이랄까.

물론 서브작가도 메인작가의 보살핌이 많이 필요하다. 이 년 차도, 십 년 차도 메인작가로 입봉하기 전까지는 모두 서브작가라고 부르니 경력이나 능력에 따라 대우도 천차만별이다.

데일리 아침 생방송의 작가 구성은 보통 메인작가 한 명, 서브작가 대여섯 명, 막내작가 한 명으로 이루어져 있다. 막내작가는 위의 모든 작가를 돕고, 서브작가는 각자 한 코너씩 맡았다. 메인작가는 서브작가들이 쓴 꼭지를 검수하고 스튜디오 원고를 썼다.

코너들의 성격은 랜덤이었다. 주로 아침에 주부들이 볼 만한 아이템으로 이루어져 있었다. 시간대가 아이들 학교 갈 채비를 할 때이니, 코너당 삼 분에서 칠 분 정도 길이가 적당했다. 텔레비전을 언제 틀어도 바로 이해가 가도록 짧아야 하는 것이다.

- 초간단! 봄맞이 대청소 노하우
- 미세먼지 잡는 공기정화식물 베스트 5
- 입학식 패셔니스타 엄마 되는 방법!

위와 같은 시즌 아이템은 계절에 따라 바뀌었다. '코로나19'처럼 사회적인 이슈가 생기면 '기획 코너'라는 이름으로 몇 주 동안 시리즈로 가기도 했다. '오늘의 사건사고'나 '부부 솔루션' 같은 아이템은 보통 요일 고정으로 가져갔다.

가장 마음이 쫄릴 때는 아무래도 사건사고 아이템을 배정받을 때였다. 사건사고는 보통 충격적이고 극적인 소재가 많아 시청률을 견인하는 역할을 했다. 그래서 프로그램 전반부에 배치하는 반면, 시의성이 중요해 아이템을 최대한 늦게 확정했다.

아이템을 늦게 잡는다는 의미는 섭외, 촬영구성안, 촬영, 프리뷰, 편집구성안, 자막, 대본에 이르는 모든 일을 방송 날짜에 임박해서야 처리한다는 뜻이었다. 심지어 위의 전 과정을 이십사 시간도 안 되는 시간 안에 모두 해결해야 할 때도 있었다.

다른 코너 작가들은 이미 촬영이 끝나서 편집구성안을 쓰고 있는데, 사건사고 담당 작가는 혼자 아직도 아이템을 찾고 있으니 쫄릴 수밖에.

예를 들어, 4월 5일 방송이면 4월 4일까지 국내에서 일어나는 사건사고 뉴스를 실시간으로 계속 주시하다가 가장 최후에 방송 거리가 될 만한 아이템을 결정하는 것이다.

너무 욕심을 부려 '더 괜찮은 게 나오겠지' 하다가 타이밍을 놓쳐 버리면 곤란하다. 그러다 보니 모든 촉각을 곤두세우고 있어야한다. 이 기간에는 꿈속에서도 아이템을 찾고 있다고 보면 된다.

게다가 당시엔 스마트폰이 우리나라에 상용화되기 전이었다. 지금이야 침대 위에 누워 폰으로 실시간 뉴스를 언제든 볼 수 있지만, 그땐 컴퓨터를 켜야 했다. 그래서 서브작가들은 '아이템 보초'를 섰다. 퇴근 후 집에서도 각자의 시간대를 정해 아이템을 사수하는 것이다.

내가 새벽 세 시에서 다섯 시 사이를 맡았다고 하면, 알람을 맞춰 일어나 노트북을 켠 뒤 〈연합뉴스〉를 일 분에 한 번씩 '새로고침'하곤 했다. 사건은 언제든지 터질 수 있고 절대로 놓쳐선 안 되기 때문에.

이렇게까지 하는 이유는 제작사별 경쟁 시스템 때문이었다. 데일리 프로그램의 경우 다섯 개의 제작사가 각자 요일 하나씩을 맡는데, 먼저 좋은 아이템을 발견한 제작사가 시청률 싸움에서 승자가 되기 쉬웠다.

시청률은 방송의 성적표다. 나쁜 성적이 쌓이면 힘없는 외주제작사는 다음 분기에 프로그램 제작에서 잘리기도 했다. 프로그램

하나만 쥐고 있던 작은 제작사는 한순간 회사 존폐 위기에 놓이는 것이다.

우리는 우리대로, 회사는 회사대로 생존이 달린 문제였다. 어떻게든 시청자가 리모컨을 다른 데로 돌리지 못하도록 손가락을 꼭 붙들어 매는 아이템을 찾아내야 했다.

나와 동갑내기, 서브작가 현미는 방송 날이 코앞으로 바짝 다가왔는데 여전히 아이템을 잡지 못해 매우 예민한 상태였다. 대표님이 사무실 벽에 걸린 텔레비전을 켰다. 우리는 한마음으로 새로운 아이템 거리가 없는지 고개를 들어 주시했다.

속보가 떴다! 우리나라 최초의 우주발사체 '나로호'를 우주로 쏘아 올린다는 역사적인 뉴스였다. 아이템에 목말랐던 현미는 긴장된 얼굴로 텔레비전을 보며 침을 꼴깍 삼키더니, 자신도 모르게 혼잣말을 크게 내뱉었다. "터져라… 터져라… 터져라!" 그녀를 비웃듯 나로호는 무사히 하늘로 솟구쳤고, 제작진의 웃음만 터졌다.

나는 매일 아침 버스를 타고 서강대교를 건너 여의도로 출근했다. 현미처럼 방송이 코앞인데 아이템을 잡지 못했거나 출연자 섭외를 못했을 땐, 다리가 무너져 버렸으면 했다. 내 의지로 멈추지 못하는 시간을 불가항력이 막아 줬으면 했던 것이다.

사고로 다리나 팔 하나가 부러지면 출근을 안 해도 되고, '충격!

서강대교 붕괴'라는 사건사고 방송 거리도 생기니 일석이조라며 웃지 못할 농담을 했다. 끔찍한 말을 주고받을 정도로 우리는 인간미를 잃어 갔다. 참담한 심정이었다.

아침 생방송을 만드는 목적은, 사건사고를 신속정확하게 알리고 유익한 정보를 제공하는 것이다. 하지만 우리는 목적보다 '시청률을 올려 줄 무엇'을 찾는 데에만 급급했다.

그 '무엇'이 목적과 일치하면 더 없이 좋겠지만, 그렇지 못할 때가 더 많았다. 나로호가 폭발하고 서강대교가 무너지면 세상은 온통 난리가 나고, 한동안 방송 아이템 걱정은 덜 것이다. 하지만 현미도, 나도 진정 원하는 바는 그게 아니었다.

방송계 사람들이 하는 말이 있다. '어떻게든 방송은 나간다.' 십년 넘게 일하면서 아이템을 잡지 못해 불방이 됐다는 말은 들어본 적이 없으니 틀린 이야기도 아닌 듯하다. 그 말을 진리로 지키고자 방송작가는 오늘도 눈 아프게 세상을 들여다보고 전화를 돌리며 한숨 쉰다.

일주일 새 일 년은 늙어 버린 몸으로 침대 위에 쓰러진다. 하루를 통으로 자 버리고 '내 쉬는 날은 도대체 누가 훔쳐 갔냐'며 원망할 새도 없이, 또다시 여의도행 버스에 오른다.

서강대교를 건너며 차창 밖을 바라본다. 따사로운 햇살이 그녀를 위로한다, 스물다섯의 나를 응원한다.

혼자서는 못할 일을
함께여서 해내다

작년 2월부터 나는 회사 대신 내 방으로 출근하고 있다. 재택근무로 가능한 원고를 쓰거나 강의 자료를 만들고, 특별한 일이 없는 날엔 쓰고 싶은 주제로 글을 써서 블로그에 올린다. 누군가의 마음을 살포시 건드리길 바라며.

방송작가는 프리랜서 신분이지만 협업을 해야 하니 회사에서 상주하는 날이 많았다. 단, 혼자만의 시간이 필요한 더빙 원고를 쓰는 날은 예외였다. 그날은 무조건 카페로 갔다. 집에서 일하는 건 애당초 말이 안 됐다. 일 미터 반경 안에는 이불이 있었고, 아빠가 틀어 놓은 텔레비전 소음 때문에 집중이 되지 않았다.

노트북을 들고 카페로 가면 왠지 뿌듯했다. '이게 프리랜서의 삶이지.' 허세를 한껏 부리며 커피 향을 음미하곤 했다. 나는 주로 '합정역 5번 출구'에 위치한 카페 이 층 바 자리에 앉았는데, 탁 트인 시야가 마음에 들었다.

원고가 잘 안 풀리면 밖을 멍하니 내다보거나 바쁘게 걷는 사람들을 구경했다. 방해가 되지 않을 정도의 소음, 향기로운 커피가 있는 카페는 작업실로 안성맞춤이었다.

늘 집 안에 카페 같은 공간이 있었으면 했다. 결혼을 한 후 드디어 로망을 이루었다. 창문이 가장 큰 방에 커다란 원목 테이블을 놓고 이케아 표 스탠드 조명을 설치했더니 제법 그럴 듯했다. 싱그러운 열대 화분도 들여 놨다. 핸드 드립 커피세트를 사서 직접 커피를 내렸다. 완벽했다. 굳이 카페까지 가지 않아도 됐다.

나만의 작업실이 생기고 나니 나갈 일도 별로 없었다. 꿈꿔 온 환경에서 오롯이 혼자 일을 하다 보면, 행복할 때가 많지만 우습게도 가끔 외로웠다. 말도 안 되는 환경에서 사람들과 부대끼며 전투적으로 일하던 그때가 떠오르는 것이다.

"이곳은 사무실인가, 화생방 훈련장인가."

내가 아침 생방송을 했던 2009년은 실내 금연법이 엄격하지 않을 때였다. 모든 제작진 컴퓨터 앞엔 재떨이용 종이컵이 놓여 있었다. 방송 전날이 되면 실내는 안개 특수 효과를 뿌린 듯 담배 연기로 자욱했다. 탑처럼 쌓아 올린 테이크아웃 컵과 너저분한 음식물 쓰레기까지.

난잡한 사무실 안은 그야말로 포격이 오가는 전쟁터를 방불케 했다. 제작진 중 유일하게 비흡연자였던 나는, 지독한 담배 냄새의 고통을 홀로 버텨야 했다. 기침이 나오고 피부가 가려웠지만, 나는 소수자였다.

그래서 방송 전날이면 후줄근한 후드티를 입고 출근했다. 후드로 머리를 덮어 감싸고 앞쪽에 달린 양 줄을 힘껏 잡아당겨 묶었다. 눈만 내 놓고 일하겠다는 의지였다. 더 이상 참지 못해 마스크를 꺼내 쓰는 날도 있었다.

일도 힘든데 서러웠다. 방송 바닥에서 일하면서 담배를 배우지 않은 죄였다. 시간에 쫓겨 아침 생방송을 만들려면 무엇보다 잠을 내쫓아야 했고, 굳어 있는 머리를 세 배는 빨리 돌게 해야 했다. 담배가 부스터쯤 되려나, 담배 맛을 모르는 나는 커피로 수혈하며 머리 위로 피를 길어 올렸다.

자정을 지나 새벽이 되면 마음이 급해졌다. 편집해야 할 시간이 촉박하니, 피디에게 한 페이지씩 '쪽 편집구성안'을 넘기기도 했다. 드라마도 아니고 칠팔 분 되는 코너에 쪽 대본이라니, 작가고 피디고 어지간히 마음이 급했으리라.

새벽 세 시가 되면 어김없이 속이 쓰렸다. 배가 고픈 건지, 잠을 못 자서인지 모르겠다. 나는 한약과 커피를 번갈아 마시며 위장을 농락했다.

피디의 일차 편집본이 나오면 함께 영상을 다듬었고, 메인작가와 팀장의 내부 시사를 거쳤다. 피드백을 받은 후 다시 영상을 뜯어 고쳤다. 이쯤 되면 새벽 다섯 시, 이제는 원고를 써야 한다.

아침 생방송은 오전 여덟 시, 아무리 늦어도 일곱 시 반까지는 방송국 본사에 도착해야 했다. 그래야 리포터와 입을 맞추어 한 번이라도 리딩을 해 볼 수 있다.

아무래도 작가에게 가장 중요한 건 원고 아니겠는가. 하지만 영상 길이를 체크할 시간조차 없었다. 영상을 실시간으로 틀어 놓고 머릿속에 떠오르는 내레이션을 중얼거리면서 타자를 쳤고, 그게 바로 원고였다. 퇴고는 사치였다. 혼돈의 카오스로 완성된 원고 다발을 들고 떡진 머리로 택시를 잡아탔다.

"기사님, 여의도 MBC요!"

본사 대기실에 도착하면 미리 도착해 있는 메인작가에게 검수를 받아 원고를 수정했다. 깔끔하게 분칠을 마친 리포터들이 하나둘 도착한다. 그들에게선 늘 향기가 났다. 단내가 날까 봐 입을 가리고 말하는 작가들과는 다른 종족이었다.

리포터는 영상을 틀고 대본을 보며 리딩 연습을 했고, 본인의 입에 잘 맞게 원고를 일부 수정하거나 끊어 읽을 곳을 표시했다. 간혹 노련한 리포터가 수정한 멘트는 내가 쓴 것보다 나을 때가 있었는데, 자존심이 상하지만 어쩔 수 없었다. 그들도 프로였다.

곧 생방송 시간, 리포터와 작가가 스튜디오로 달려갔다. 산뜻한 아침을 여는 오프닝 음악이 흐르고 드디어 생방송이 시작됐다.

피디, 작가, 카메라 감독, 아나운서, 리포터, 카메라, 조명, 소품까지, 스튜디오 안의 모든 것이 긴장하는 순간. 지금 이 시간을 위해 밤을 새우고 일주일을 달려 왔다.

아나운서가 날씨 이야기나 최신 이슈로 오프닝 멘트를 시작했다. 물론 메인작가가 쓴 멘트다. 가끔 아나운서가 하는 말을 아나운서가 직접 썼다고 오해하는 시청자가 있어서 좀 서운했다.

브이시알 화면이 나가면 리포터가 영상에 맞춰 내가 쓴 원고 멘트를 읽는다. 가끔 발음이 꼬여 실수를 할 때도 있다. 작가는 텔레비전에선 절대 보이지 않을 스튜디오 구석의 어둠 속에서 손짓하며 리포터의 타이밍을 잡아 줬다.

윗분들이 알면 속 뒤집어질 일이지만, 나는 가끔 엉뚱한 상상을 했다. 거룩한 생방송 중에 스튜디오 위로 갑자기 뛰어올라 가서 외치는 것이다.

"엄마 나 보여? 나 방송 나왔어!"

잠을 못 자서 아무래도 제정신이 아니었던 듯. 방송이 무사히 끝났다! 하지만 끝날 때까지 끝난 게 아니다. 우리는 다시 떡진 머리에 반들거리는 얼굴을 한 채 본사 회의실로 직행했다. 본사 시피에게 방송 피드백을 받고 설교를 듣는 시간이다.

사실 이쯤 되면 정신이 탈탈 털려 귀에 아무 소리도 들어오지 않는다. 끔벅끔벅 졸다가 보면 벌써 한 시간이 흘렀고 다시 눈을 뜨면 우린 '팔미 식당'에 앉아 있었다.

우리 팀은 매주 아침 생방송을 '털면' 이 식당에서 햄이 듬뿍 들어간 부대찌개에 쏘맥을 마셨다. 일종의 의식이라고나 할까. 부대찌개도, 쏘맥도 별로 안 좋아하는 나였는데 그렇게 맛있을 수가 없었다. 국물은 달큰했고 술은 청량했다.

'터는 맛'은 방송쟁이들에게 다시 일어날 힘을 줬다. 일주일간 피똥을 싼 후 방송이 나가고 나면, '드디어 끝났다!' 하는 안도감과 함께 성취감이 가슴 한가득 몰려 왔다. 나는 본 적이 없지만, 이 중독성에 취해 생방송만 선호하는 작가도 있다고 한다.

아침 생방송이 터는 맛의 최고봉인 이유는, 제작 기간이 일주일 간격으로 짧기 때문일 것이다. 방송 날, 그리고 일주일 중 유일하게 쉬는 방송 다음 날을 빼면 사오 일 안에 방송 한 편을 뚝딱 찍어 내는 셈이었으니.

변태 같지만, 제작진은 온몸으로 터는 맛의 극치를 느끼며 아침 열 시 댓바람부터 쏘맥을 따르기 시작했다. 술이 술술 들어갔다. 밤을 꼴딱 새운 상태라 이내 하나둘 쓰러졌다.

다행히 식당은 좌식이고, 손님도 거의 없었다. 누구는 코를 드르렁거리며 잤고, 누구는 술잔을 돌리며 스트레스를 털어 냈다. 점심 때쯤 쏘맥 파티가 끝나면 작가들만의 두 번째 의식이 시작됐다. 바로, '풋 마사지' 거행식.

한 시간에 이만 원, 돈을 좀 더 추가해서 등 마사지는 필수였다. 일주일간 긴장으로 땅땅하게 뭉쳐 버린 나의 불쌍한 목과 어깨를 풀어 주지 않으면, 다음 주에도 어김없이 찾아올 전투를 치르기 힘들 테니.

침대에 엎드리자 졸음이 잠식해 온다. '잠들지 말자, 잠들지 말자.' 시원함을 느끼려면 깨어 있어야 한다고 주문을 외워 보지만, 결국 곯아떨어지기 마련이었다. 한국말이 서투른 안마사가 나를 흔들어 깨웠다.

우리는 왠지 집에 가기가 아쉬웠다. 스타벅스로 가서 천근만근

무거운 눈꺼풀을 부릅뜨고 끝도 없는 수다를 이어 갔다. 구십 퍼센트는 피디 욕이다.

"걔는 진짜 연차를 똥구멍으로 처 먹었다니?"
"원고 쓰느라 쫄려 죽겠는데 출연자 나이를 왜 나한테 묻냐고!"

어느새 해가 뉘엿뉘엿 넘어가고 하늘이 주홍빛으로 물들었다. 이제는 진짜 집으로 돌아가야 할 시간이다. '털려면' 다시 뭉쳐야 했기에.

우악스럽게 일하던 때가 있었다. 평화로운 하루는 오히려 수상쩍었다. 담배 연기 속에서 쿨럭 거리며, 시간에 쫓겨 원고를 쓰고, 피디와 머리를 맞대고 싸우고 또 화해하고. 엎치락뒤치락 팀원들과 함께 전전긍긍하는 일이 내 몸처럼 자연스러웠다.

어김없이 결과물이 나왔고, 우리가 함께 무언가를 만들어냈다는 느낌은 강력했다. 몸은 죽도록 힘들었지만 그놈의 터는 맛에 다시 힘을 내어 한 주를 살았다.

혼자서도 무엇이든 잘 해낼 거라 믿었던 나는, 요즘 종종 한계에 부딪친다. '내 추진력이 이 정도밖에 안 되다니.' '더 좋은 아이디어가 왜 안 나오지.' 끙끙거릴 때마다 '누군가 옆에 있다면 좋을 텐데'

라는 아쉬움이 들었다.

미워도 다시 한 번 돌아보자. 당신의 동료는 어쩌면 당신의 잠재
력을 끌어내는 가장 강력한 촉매제일지도 모른다. 혼자였다면 절
대 못할 일을, 함께여서 해냈다.

반드시 해낸다,
그래야만 한다

꽤 오래전에 온라인상에서 '뇌구조 테스트'라는 게 유행했다. 이름을 넣으면 그 사람의 머릿속에 가장 많은 부분을 차지하는 게 무엇인지 떴다.

예를 들어, '직장인'을 치면 뇌의 구십구 퍼센트를 차지하는 단어는 '퇴근', 일 퍼센트는 '출근'이 나오는 식이었다. 재미 삼아 하는 테스트였지만 내 이름을 쳤을 때 '19금'이나 '치킨'이 나오면 움찔했던 기억이 난다.

방송작가의 뇌구조는 어떨까. 한창 서브작가로 가열차게 일하던 그때의 나에게 빙의해 보자.

"이번에 아이템 뭐 잡았어?"

게임 이야기가 아니다. 방송은 팔 할이 아이템 빨이다. 아이템은 프로그램의 소재이고 출연자이자 콘셉트이다. 듣도 보도 못한 신기한 아이템은 보통 높은 시청률을 보장한다.

'먹히는' 아이템을 찾는 건 쉬운 일이 아니다. 가령 산 속에 홀로 외떨어져 살고 있는 '자연인'을 찾아야 한다면?

정해진 기간은 약 이 주, 그 안에 무조건 찾아내야 방송 일정을 맞출 수 있다. 하지만 무턱대고 아무 산이나 찾아갈 수는 없는 노릇, 우선 그가 살 만한 곳을 떠올려 보자.

'자연인 하면 역시 지리산이지!'

지리산을 안방처럼 누빈다는 약초꾼에게 물어보는 게 좋겠군. 교양프로그램 구성을 삼 년 이상 했다면 대충 그림이 그려진다.

카톡에는 이미 전국 약초꾼들의 번호가 빼곡히 저장돼 있다. 열에 아홉은 '산삼' 프로필 사진. 우선 그들에게 방송의 목적, 찾고 있는 출연자의 요건, 예상 촬영 날짜와 방송 날짜, 출연료 등의 정보를 써서 메시지를 뿌린다.

그 다음 섭외처는 '온라인 약초 카페', 카페 운영자에게 대략 이런 내용의 쪽지를 보낸다.

안녕하세요. ABC 프로그램 김선영 작가입니다.

저희 방송에서, 지리산에서 혼자 살고 계신 자연인을 찾고 있습니다. 혹시 특별한 사연으로 산 속에서 현재 혼자 살고 있는 분을 알고 계실까요?

자세한 사항은 010-1234-8282로 문자주시면 편한 시간에 전화드리겠습니다(소정의 출연료 있음).

그야말로 맨땅에 헤딩이다. 여기서 멈춰선 안 된다. 최대한 뿌릴 수 있는 데까지 씨를 뿌려야 만족스러운 수확물을 거둘 터이니. 약초 카페에 들어가서 무작정 검색어를 넣어 본다.

'자연인', '암 치료', '암 진단', '지리산 거주', '오두막', '이혼'….

상상의 나래를 펼치며 검색어를 넣다 보면, 운 좋게 관련 글이 뜨기도 한다.

글 작성자: 꾸지뽕

회원님들 오랜만입니다. 저는 잘 지내고 있습니다.

지리산에 온 지도 벌써 삼 년이 넘어가네요.

아내와 이혼하고 암 진단까지 받았을 땐 세상 다 끝난 줄 알았는데,

생각보다 제 명이 기네요. 다 지리산 덕분입니다.

그때 육 개월밖에 못 산다고 했던 의사! 가서 혼내 줄까 보다!

댓글 1: 노루궁뎅이

작년 겨울에 버섯 캐러 갔다가 처음 뵀죠, 기억하실지.

그때 나눔해 주신 겨우살이 잘 먹고 있습니다. 아무쪼록 건강하시길.

댓글 2: 자연농원

행님 요즘 어떠신교? 자주 찾아봬야 하는데 동생이 송구합니더.

그 의사 완전히 돌팔이 아입니꺼!

댓글 3: 복분자 미인

꾸지뽕님 사연 너무 안타깝네요. ABC 프로에 나가 보심이?

출연료도 많이 주는 것 같던데.

나는 카페 글 중 '작성자' 메뉴 검색창에 '꾸지뽕'을 쳐서 자료를 모은다. 삼 년 전 그가 처음 썼던 글부터 댓글 하나하나까지 모두 읽어 가며, 그에 대한 단서를 찾기 시작한다.

'간암 3기 진단받으셨구나. 아들이 하나 있는데 연락 안 한 지 꽤 됐네. 어라? '지리산 약국'에 종종 내려 가시는구먼, 오케이!'

나는 인터넷에 지리산 약국을 검색한다. 다행히 전화번호가 뜬다. 한 치의 주저 없이 번호를 누른다.

"안녕하세요, ABC 프로그램 작가인데요. 지리산 약국이죠. 저희가 이러저러해서 자연인 꾸지뽕 님을 찾고 있는데, 이 약국에 가끔 내려 오신다는 소문을 들어서요."
"아, 예예."
"출연자로 모시고 싶은데, 가장 최근에 보신 게 언제세요? 아니면 제가 따로 연락해 볼 방법이 있을까요?"
"안 온 지 한참 됐다카이요. 그 행님 폰 없을긴데."
"혹시 사는 위치는 아세요?"
"내사 모르지예. 저 아랫마을에 가시나무 님이라고 사실긴데 거함 가보이소."

"가시, 나무요?"

나는 다시 약초 카페에서 '가시나무'를 검색한다. 젠장! 탈퇴한 회원이다. 댓글까지 모두 지우고 탈퇴하다니! 쓸데없이 꼼꼼한 그를 원망하며 카페 운영자의 쪽지를 기다려 본다.

카페 운영자가 사례자를 연결해 주면 다행이지만, 방송 자체를 싫어하거나 사례자가 출연을 원치 않는다며 도와주지 않을 때도 많다. 그럴 땐 지리산 약국을 직접 찾아가야 한다. 그곳에서 최대한 정보를 얻거나 마을 이장에게 도움을 구하는 방법도 있다.

농촌이라면 이장, 어촌이라면 어촌 계장이 진리다. 방송국에서 하도 많은 섭외 요청을 받다 보니 적당한 캐릭터를 알아서 척척 꼽아 주기도 한다.

최근에는 인터넷 기술의 발전으로 위성지도를 활용해 출연자를 찾기도 한다. 마치 내가 세상을 창조한 조물주라도 된 양, 항공 뷰를 띄워 놓고 하늘 위에서 내려다 보며 자연인이 살 만한 한적한 장소를 뒤지는 거다.

마우스로 클릭, 클릭. 의심스러운 지역을 확대해 보니 녹음으로 우거진 산속에 덩그러니 작은 나무 집 한 채가 보인다! 앗, 이건 필시 자연인의 집? 나는 애써 흥분을 가라앉히고 그 구역 통장에게 전화를 건다. 확인 결과, 개집으로 드러났다.

적당한 주인공을 만날 때까지 약초꾼, 블로거, 한약재 판매상, 대한민국약초협회 등에 무턱대고 전화를 걸어 제보를 부탁한다. 보이스피싱으로 의심받기도 한다. 개인 정보에 민감한 시대이니 이해는 한다만 억울하다.

"보이스피싱이 왜 가진 것 없는 자연인을 찾겠습니까?"

이 주가 다 되도록 출연자를 찾지 못하면? 그럴 리는 거의 없다. 방송작가는 며칠 밤을 새워서라도 어떻게든 찾아낸다. 주말에도, 집에서도, 이동 중 차 안에서도 찾는다. 심지어 꿈에서도 찾는다.
찾을 때까지 머릿속엔 온통 자연인밖에 없다. 애꿎은 지인들을 괴롭히기도 한다.

"너희 삼촌 아시는 분이 지리산에서 산장 하신다지 않았나?"

방송 날짜가 코앞인데도 찾지 못하면, 어쩔 도리 없이 기존 방송에 나왔던 인물을 설득해 구성을 좀 바꿔서 재탕하기도 한다. 시청자는 '어? 저 사람 다른 방송에서 본 적 있는데?' 할 때가 종종 있었을 것이다. 그럴 땐, '작가가 며칠 밤을 새워도 출연자를 못 찾았나 보네' 하고 너그러이 봐 주시면 감사하겠다.

한일전 승부차기 때 빼고 그렇게까지 무언가를 간절하게 바란 적이 있었나 싶다. 방송작가에게 '아이템'은 뇌 용적 구십구 퍼센트를 차지하는 핵심 개념이다. 징글징글하게 불안하다가도 마침내 원하던 아이템을 손에 넣었을 때의 짜릿함, 그 만족스러운 기분은 말로 다 표현하기 어렵다.

시간의 흐름이나 공간, 자신을 잊어버릴 정도로 무언가에 깊이 빠져 있는 상태를 뜻하는 플로우(Flow). 평생 인간의 행복을 연구했다는 심리학자 미하이 칙센트미하이가 말하는 몰입(flow)이 바로 이와 같은 순간 아니었을까.

무언가를 간절하게 원하고, 주기적으로 성취해 나가던 그 시절은 내가 가장 빛나고 행복하던 때였다. 당신이 지금 하고 있는 일이 그런 일이길 바란다.

차라리 몰랐으면
마음 편했을 일

이재규 감독의 영화 〈완벽한 타인〉을 정말 재미있게 봤다. 놀라운 구성이다. 두 시간 가까이 오로지 한 집 안에서만 전개되는데, 그렇게 스릴 있고 스펙터클할 수가 없다.

석호 부부가 집들이 초대를 해서 사십 년 지기 친구들이 한자리에 모인다. 저녁 식사를 하던 중, 한 사람이 게임을 제안한다. 지금부터 각자에게 오는 모든 전화와 문자 내용을 공개하자는 것. 가볍게 생각하고 시작한 게임은 걷잡을 수 없는 파국으로 치닫는다. 몰랐던 사생활들이 밝혀지고 오해가 불거지면서, 친구 사이와 부부 관계가 엉망진창이 된다.

아는 게 힘이라지만 모르는 게 속 편하다. 하지만 모르고 싶어도 알아야 하고 또 봐야만 할 때도 있다. 그게 일일 경우에 그렇다.

보통 우리가 텔레비전에서 보는 방송은 다섯 배에서 열 배, 심지어 오십 배 가까운 촬영 영상을 곱게 체에 거른 내용이라고 보면 된다. 그만큼 많은 양을 촬영한 후 재미있고 쓸모 있는 부분만 편집해서 내보내는 게 텔레비전 프로그램이다.

피디가 촬영해 온 수많은 테이프를 보는 일은 작가의 주 업무다. 내용을 보고 프로그램을 어떻게 구성해야 할지 고민해야 하기 때문이다.

장수 할아버지가 출연하는 프로그램을 준비할 때였다. 질리는 구성이긴 하지만, 주인공을 소개하는 가장 쉬운 방법은 인사다.

예를 들어, 피디가 "할아버지! 이 마을 장수 할아버지 맞으시죠?" 하고 부르면, 주인공은 어색하게 뒤를 돌며 "네, 맞아요. 안녕하세요!" 하는 식이다. 그 순간 화면은 정지하고 프로필 자막이 들어간다.

"내 나이가 어때서~"
김장수(87) / 소주는 나의 힘

다른 촬영은 자연스럽게 찍지만 첫 장면인 주인공 소개는 보통 계획해 놓고 찍는 경우가 많았다. 그날도 다르지 않았다.

동안 장수 할아버지가 피디(카메라)를 바라보고 "안녕하세요~" 하면, 피디가 "우와, 정말 젊어 보이세요. 할아버지 연세가 어떻게 되세요?" 하고 질문한다. 그러면 할아버지는 "87세입니다" 하고 대답하기로 돼 있었다.

나는 잘 찍혔는지 확인하려고 첫 번째 테이프를 재생했다. 마당을 쓸고 있는 할아버지가 보였다. 방송은 아무래도 비주얼이 중요하다. 우선 호감형 외모에 안심이 됐다.

카메라가 주인공에게 다가간다. 할아버지는 자연스럽게 고개를 들어 화면을 응시하며 "안녕하세요" 하고 인사했다. 이어지는 피디의 질문, "정말 젊어 보이세요, 연세가 어떻게 되세요?" 할아버지가 대답할 차례. 하지만 긴장하신 걸까.

"으응 연세?" 할아버지는 해야 할 말을 깜박하고 말았다. "할아버지 나이를 말씀하셔야죠. 다시!" 다시 마당을 쓰는 할아버지, 카메라가 다가간다.

"안녕하세요, 우와 할아버지 연세가?"
"가만 올해 내가 몇이었더라."

할아버지는 아직 마음의 준비가 안 되셨다. "다시, 다시!"

"안녕하세요, 할아버지 연세가?"
"나 87세요, 이렇게 말하면 되나?"
"아이 참 할아버지, '이렇게 말하면 되나'는 빼고요. 다시, 다시!"

촬영 원본을 보면서 내 얼굴은 점점 달아올랐다. 여러 각도의
화면이 필요한 영화도 아닌데, 같은 장면을 수없이 반복시키는 게
죄송하고 민망했기 때문이다.

잘라서 쓰면 쓸 수 있는 장면이 있었다. 아무래도 피디는 한 치
의 어색함도 없는 상황을 찍고 싶었던 모양이다. '자연스러운 게
오히려 더 나은데' 화면 속에서 목소리만 들리는 피디는 내 마음
을 아는지 모르는지 같은 질문을 계속했다.

"할아버지, 연세가 어떻게 되세요?"
"연세?"

고장 난 녹음기처럼 같은 장면이 열 번 넘게 반복됐다. 피디의
눈먼 열정에 나는 눈을 질끈 감아 버렸다.

'하, 제발 그만해, 이게 그렇게 중요한 건 아니잖아.'

마당에서 아지랑이가 모락모락 피어오르는 여름이었다. 할아버지 이마에 땀이 송골송골 맺혔다. 무거운 카메라를 들고 있는 피디는 더할 것이다. 하지만 피디만큼 할아버지도 열정적이셨다. 지치지 않고 "안녕하세요"와 "연세가?"가 다투듯 반복됐다.

아무래도 지치는 건 나뿐인 건가. 나는 할아버지가 점점 안쓰러워지기 시작했다. 원하는 장면에 지독하게 집착하는 피디에게 분노가 일어나려는 그 순간, 나는 웃음이 터지고 말았다. 할아버지는 피디가 두 번째 질문을 던지기도 전에 질문을 봉쇄해 버렸다.

"안녕하세요. 저는 87세입니다."

마치 '대답 자판기'를 연상시키는, 할아버지의 빛보다 빠른 대답. 그리고 이어지는 짜증. "아유 그냥 끊어서 써! 더 이상은 못하겠어!" 할아버지는 프로였다. 피디는 결국 할아버지께 승복하고 말았다.

하나의 방송이 나오기까지 참 많은 사람의 수고가 들어간다. 출연자의 고생을 빼 놓을 수 없다. 카메라 앞에 서 본 사람은 안다.

평소 아무리 달변가로 정평이 난 사람도 긴장되어 말문이 턱 막혀 버리기 일쑤다. 일반인 출연자는 엄청난 용기를 낸 것이다.

현장의 피디를 탓할 수도 없다. 그는 본업에 충실했을 뿐이다. 더 좋은 멘트를 뽑아 내고 어떻게든 출연자의 마음을 달래서 깊이 담아 둔 말까지 토해 내게 하는 것, 그것이 연출이고 경륜이었다.

영화 〈완벽한 타인〉에서처럼, 피디가 찍어온 촬영 원본 영상 속 민망한 상황처럼 차라리 몰랐으면 마음 편한 일들이 있다. 하지만 그 속에는 늘 진실이 숨어 있다.

커밍아웃을 하지 못했던 친구의 속사정, 남편에게 죄책감을 안고 살았던 아내의 작은 일탈, 바람둥이의 이중성. 출연자의 눈물겨운 노력, 피디의 프로 정신 같은 것들 말이다.

아름답게 편집된 세상 속에서 사는 게 지금 당장 편할 수 있다. 하지만 때로는 날것의 세상을 적극적으로 들여다볼 필요도 있지 않을까. 꼭 알아야 할 진실은 불편할 때가 더 많다. 중요한 건 눈을 감는다고 진실이 사라지지 않는다는 점이다.

여전히 유효한 조언,
'훌훌 털어 버려라'

"지금 갑질 하세요? 그렇게 살지 마세요!"

만약 당신이 이런 문자를 받는다면 기분이 어떨까. 일단 '갑이 되어 본 적이 있는지부터 묻는 게 예의 아니냐?'고 반문하겠지만, 그게 참 상대적인 거더라.

'갑질하냐'는 문자를 받았을 때 심장이 덜컥 내려앉는 듯했다. 먼저 연락을 드렸어야 했는데. 에이, 그래도 갑질은 너무 했다. 갑을 병정 중 '정'이나 되면 다행인 방송작가에게 갑이라니요. 교수님은 단단히 화나 있었다. 연거푸 죄송하다는 말씀을 드렸지만 혼만 된 통 나고 전화가 끊겼다.

직장 생활을 하다 보면 그 누구의 잘못이라 하기가 애매해 원망할 구석이 마땅치 않을 때가 있다. 당시 상황이 그랬다.

정보프로그램 서브작가로 일하고 있을 때다. 방송 아이템은 제철 맞은 '새우', 껍질에 함유된 키토산의 효능을 알려야 했다. 물론 사례자 중심으로 이야기를 풀겠지만, 정보에는 늘 근거가 있어야 하므로 전문가 인터뷰는 필수였다.

관련 내용으로 논문을 쓴 분을 어렵게 찾아냈다. 인터뷰를 부탁드리고자 교수님과 통화를 하면서, 나는 새로운 사실을 알았다.

키토산(키틴)을 우리 눈으로 볼 수 있다는 것이다! 물론 과정은 간단치 않았다. 마른 새우 껍질을 갈아서, 염산을 붓고, 탄산칼슘을 제거하는 등 여러 가지 추출 과정을 거쳐야 했다.

나는 팀장에게 알렸고, 팀장은 실험이 너무 좋다며 교수님에게 잘 부탁해서 진행하라고 했다.

"교수님, 그럼 촬영 날 저희가 새우를 사 가면 될까요?"

"그날 사 오면 너무 늦죠. 껍질만 필요하니까 내가 구해 놓을게요."

"아, 새우 껍질을 따로 구하는 곳이 있으세요?"

"우리 연구원들이랑 대하 구이 한 번 먹지 뭐."

　연구가 방송을 타는 게 좋았던 걸까, 실험 촬영에 굉장히 적극적이었다. 이유야 어쨌건 정말 감사했다. 출연도 감사한데 실험까지 완벽하게 세팅해 준다니. '이런 교수님 또 없어요~' 노래라도 부르고 싶은 심정이었다. 출연료를 넉넉히 챙겨드려야 한다고 피디에게 거듭 강조했다.

　피디가 찍어 온 인터뷰 영상을 열어 보았다. 교수님 말대로 새우 껍질에서 키토산 가루가 추출되는 모습이 신기했다. 볼거리가 늘어나니 만족스러웠다.

　문제는 전체 영상 속 실험 장면이 놓일 위치였다. 아무리 압축해도 그림이 길었다. 전체 분량 삼십 분을 맞추려면 오 분 이상 내용을 덜어 내야 하는 상황이었는데, 더는 뺄 내용이 없었던 것이다. 막다른 길 앞에 선 피디와 작가는 한동안 서로의 눈치만 보고 있었다. 피디가 먼저 조심스레 말문을 열었다.

"아무래도 실험을 빼야겠는데?"

　나는 무슨 큰일 날 소리냐고, 실험은 무조건 들어가야 한다고 우겼다. 사실 일 순위로 빼야 하는 건 그 실험이 맞았다. 교수님 인터뷰가 있으니 실험 장면이야 있으면 좋고, 없어도 큰 지장은 없었다. 하지만 어렵게 부탁한 실험을 이제 와서 빼는 건 도리가 아니었다.

우리는 머리를 싸매고 간신히 실험을 영상에 끼워 넣었고 다행이라며 안도했다. 하지만 기쁨도 잠시, 시사를 마친 후 본사 시피는 실험을 빼라고 명했다.

본사 시피는 우리의 갑이었다. 보통 외주제작사에서 일하는 방송 제작진은 페스추리 같은 겹겹의 갑을 모신다. 제작사 대표도 갑이었고, 본사도 갑이었다. 당연히 본사 시피도 갑이었다. 출연자와 전문가, 연예인도 모셔야 했기에 모두 우리의 갑이었다. 물론 갑 오브 갑은 시청자이지만.

갑이 빼라는데 어쩌겠는가, 피디와 나는 최후의 방법으로 실험을 인서트 화면으로 껴 넣었다. 인터뷰를 하는 교수님 얼굴 아래 PIP(화면 속 작은 화면)로 실험 장면을 흘리는 것이다. 우리가 할 수 있는 최선이었다.

그럼에도 교수님에게 너무 죄송했기에 미리 분량이 적다고 말해야지 하다가, 마땅히 댈 핑계를 찾지 못했고 결국 까맣게 잊고 말았다.

방송 다음 날, 나는 '갑질하냐'는 문자를 받았다. 씁쓸함에 헛웃음이 나왔다. 갑질이라니. 굽신거리느라 새우처럼 허리가 휠 지경인 나에게. 실험 장면을 살리려고 피디와 함께 얼마나 머리를 쥐어짜고 노력했는데.

하지만 교수님의 분노는 당연했다. 교수님은 방송 때문에 일부러 회식을 했고, 휴무인 연구원까지 불러 실험을 진행했다고 했다. 얼마나 민망하고 체면을 구겼을까.

나는 나름대로 최선을 다했다는 말을 넣어 두고 죄송하다는 말만 되풀이했다. 미리 알렸으면 이 정도까지 화가 나지 않았을지도 모른다.

처음부터 구성을 완벽하게 해서 버려지는 그림이 없으면 좋으련만, 촬영하다 보면 어떤 상황이 길어질지 예측하기 힘들다.

뽑아낼 게 없을 줄 알았는데 막상 재미있어서 길어지기도 하고, 생각보다 찍을 게 없어서 엉뚱한 장면을 엿가락처럼 늘려야 할 때도 있다. 이런 상황을 출연자나 시청자는 알 길이 없다. 그저 "재미없어서 편집했나 보네" 하고 생각하기 쉽다.

나는 '내 뜻은 그게 아니었다'라고 누구에게 하소연해야 할까. 팀장 멱살이라도 잡고 "팀장님이 실험 진행하라고 하셨잖아요. 책임지세요!"라고 외치면 속이라도 시원할까.

살다 보면 내 잘못이 아닌데 사과해야 할 때도 있고, 억울한 일도 종종 생긴다. 그저 웃어넘기기엔 너무 묵직해서 세월이 한참

흐른 뒤에도 가슴팍이 욱신거리는 일도 있다.

나에게 '갑질 문자' 사건이 그렇다. 처음으로 '갑' 소리를 들었는데, 갑질하지 말라는 항의였다니!

내가 아무리 최선을 다했더라도 생각한 대로 결과가 나오지 않으면, 모든 노력은 무시당하고 비난의 화살을 맞는 게 직장 생활이하다. 참 억울하다. 더도 말고 덜도 말고 내가 노력한 딱 그만큼만 결과가 나오기를 바라는 마음이 왜 욕심이 되는 건지.

곰곰이 생각해 보면, 인생이 원래 그렇다. 인생은 동전을 넣으면 음료수를 토해 내는 자판기가 아니다. 자판기도 가끔은 오류가 나서 발로 뻥 차 줘야 정신을 차린다. 그래서 '훌훌 털고 잊어 버려라'는 무성의한 조언이 여전히 유효한지도 모르겠다.

유튜버를 꿈꾸는 현직 방송피디

Q. 피디님, 간단히 자기소개 부탁드립니다.

안녕하세요. 교양과 예능프로그램을 오간 지 십일 년 차 된 프리랜서 피디 강민성입니다.

Q. 요즘 유튜브가 영상 매체 대세로 자리 잡았잖아요, 텔레비전 프로그램 만드는 피디들도 달라진 분위기를 많이 느낄 것 같은데, 어때요?

제가 처음 일을 시작했던 시절에도 유튜브는 있었습니다. 하지만 국내에서는 아직 주목받지 못한 동영상 플랫폼이었죠. 요즘은 오히려 텔레비전을 능가하는 매체로, 피디들도 유튜브를 보며 아이디어를 얻습니다.

저도 몇몇 채널들은 구독하고 영감을 얻고자 일부러 찾아서 봅니다. 예전엔 해외 방송프로그램이나 타사 방송을 모니터하면서 레퍼런스를 찾았다면, 지금은 유튜브가 그 역할을 하고 있어요.

재미있는 점은 텔레비전 프로그램이 거의 전부였던 시절에는 연출자가 출연자를 섭외해서 방송을 만들어 냈다면, 지금은 출연자가 연출자, 편집자를 섭외해서 콘텐츠를 만든다는 거죠.

콘텐츠를 만들어 가는 주체가 방송사 피디에 그치지 않고 다양해졌다는 점이 가장 큰 변화라고 생각합니다.

Q. 텔레비전 방송피디 중에도 유튜버로 전환하거나 병행하는 분들이 꽤 있더라고요. 혹시 피디님도 계획이 있나요?

1인 방송이나 유튜버를 나중에라도 해 봐야겠다는 마음은 항상 가지고 있습니다. 하지만 제 콘텐츠가 아닌 다른 이의 콘텐츠를 제작해 주는 방식으로는 하고 싶지 않아요. 지금의 일과 크게 다르지 않으니까요.

나만의 콘텐츠를 표현하기에 유튜브만큼 개방적인 플랫폼이 없다고 생각합니다. 앞으로 아이디어를 구체화해서 언젠가는 제 콘텐츠를 직접 만들어 보고 싶네요.

동료 피디 지인 중에 기자가 한 명 있습니다. 그는 많은 사람이 궁금해할 만한, 최근 활동이 뜸한 과거 유명 인물을 찾아가 인터뷰를 하는 콘텐츠를 만들어 유튜브에 올렸습니다.

예를 들어, 구십 년대 인기를 독차지한 외국인 듀오 보챙과 브루노를 만나 인터뷰했고, 대마초 사건으로 문제가 됐던 래퍼 아이언, 주폭(술에 취해 폭력을 행사하는 것) 문제로 논란이 많았던 래퍼 정상수 등을 찾아간 거죠.

초반에는 제 지인에게 전화해서 편집을 어떻게 해야 하는지 상담도 하고 그랬는데요. 지금은 구독자가 이십만 명을 훌쩍 넘길 만큼 영향력 있는 채널로 성장했습니다. 완전히 성공한 케이스죠. 기자라는 직업적 특성을 잘 살려서 만든 훌륭한 채널이라 생각합니다.

요즘은 방송 제작을 하던 제작사들이 유튜브 채널을 개설하는 경우도 많습니다. 제작하는 텔레비전 프로그램에 대한 저작권을 인정받지 못하는 외주제작사 입장에서는, 자신들만의 오리지널 콘텐츠를 남길 수 있는 플랫폼이니 그쪽으로 시선을 돌리는 건 당연한 일이라고 생각합니다.

텔레비전과 유튜브는 완전히 다른 문법을 사용합니다. 1인 미디어로 기획, 연출, 촬영, 편집을 혼자서 꾸려 나가는 게 유튜브의 매력이라면, 방송은 절대 혼자서 하지 못하는 게 매력이지요.

문장 하나로 된 기획 의도를 가지고 최종 방송본을 향해 달려가는 동안 텔레비전 프로그램은 수많은 사람의 손을 거칩니다. 오랫동안 회의를 하고 촬영, 편집, 종편 등 제작 과정을 매번 다른 스텝들과 부대끼면서 일을 하죠.

일련의 과정들이 1인 방송과는 다른 텔레비전 프로그램의 매력이라고 생각합니다.

Q. 그야말로 변화무쌍한 방송계에 계신데, 앞으로 피디나 유튜버 등 콘텐츠 제작을 꿈꾸는 후배들에게 해 주고 싶은 말이 있다면?

'내가 만들고 싶은 콘텐츠는 무엇일까'라는 고민을 멈추지 말길 바랍니다. 누구나 좋아하는 양질의 콘텐츠를 만들어 내는 것도 좋지만, 내가 좋아하는 콘텐츠를 만드는 게 가장 중요하다고 생각하거든요.

유튜브는 덕후들의 성지입니다. 피디가 출연자를 고용해서 대본을 주고 만드는 콘텐츠가 아닌, 출연자가 피디이고 작가인 콘텐츠들이 돋보이죠. 내가 만들고 싶은 콘텐츠가 무엇인지 정확히 알고 콘텐츠 주제에 내가 덕질을 하고 있을 때, 더 좋은 콘텐츠를 만들 수 있을 거라 믿습니다.

4부

최선을 다했던 그때를
기억하면 좋겠다

떡볶이로 찾는
일의 여유

유명 맛 칼럼니스트가 아무리 떡볶이는 맛없는 음식이라고 주장해도, 어쨌거나 떡볶이는 한국인의 '소울 푸드'다. 소울 푸드라는 말이 좀 식상하니 '추억의 음식', 아니 '힐링 푸드'로 바꿔 보아도 여전히 식상하니 그냥 소울 푸드라 칭하자.

조무래기 시절, 학교 앞 분식집에서 컵볶이 사 먹던 추억 하나 없는 사람 있을까. 이 주 이상 해외여행을 떠나면 김치찌개와 함께 어김없이 떠오르는 음식이 바로 떡볶이다. 요즘은 배달로도 시켜 먹는다지만, 떡볶이 하면 역시 포장마차!

지금은 상암동으로 이전했지만, 십여 년 전 만해도 방송가의 중심은 여의도였다. KBS 본사가 있는 국회의사당역을 중심으로 수십 수백여 개의 외주제작사, 종편실, 장비대여실 등이 곳곳에 포진해 있었다. 내가 2007년 막내작가로 일을 시작했던 곳도 그중 하나였다.

그 비싼 여의도 땅에서 어떻게 떡볶이 포장마차가 대낮부터 떡하니 장사를 할 수 있었는지 생각해 보면 참 신기한 노릇이지만, 그곳엔 늘 꽃을 찾는 벌떼처럼 손님이 들끓었다. 포장마차 주인은 중년 부부였다. 두건 쓴 아내는 김이 모락모락 나는 떡볶이를 뒤적거렸고, 남편은 빠른 손놀림으로 튀김을 튀겼다.

지금도 마찬가지겠지만, 막내작가는 퇴근 시간이 따로 정해져 있지 않았다. 그러다 보니 일단 출근을 하면 하루 세 끼 모두 여의도 바닥에서 해결하는 일이 많았다. 선배들이 밥을 사 주지 않는 날엔, 저렴하게 한 끼를 때울 겸 그 떡볶이 포장마차를 찾아가곤 했다.

말이 끼니지, 사실은 간식 개념이었다. 떡볶이를 먹은 직후에도 누군가가 "밥 안 먹은 사람?"을 외치면 어김없이 또 따라 나가서 밥을 먹었으니까.

돌아서면 배가 고플 이십 대이기도 했지만, 답답한 사무실 밖으로 나갈 건수만 생기면 만사 젖히고 신발 끈부터 묶었다.

집에서는 아무리 고추장을 들이 부어도 절대 나오지 않는, 그야 말로 새빨간 떡볶이. 그리고 오징어 튀김이 주 메뉴였다. 주문을 하면 적당한 크기로 숭덩숭덩 자른 오징어를 묽은 밀가루 반죽에 넣어 아무렇게나 휘저은 뒤 지글지글 끓는 기름에 풍덩! 하고 바로 튀겨 주셨다.

그래서일까, 사방이 열려 있는 포장마차임에도 불구하고 '떡튀 세트'를 먹고 나면 옷은 물론 머릿속까지 진한 기름 냄새로 코팅이 돼 버렸다.

어느 정도 섭외가 마무리되면 막내작가 넷은 늘 사무실 밖으로 빠져 나갈 궁리를 했다. 집결지는 다름 아닌 그 마성의 떡볶이 포장마차.

일이란 찾으면 찾을수록 끝도 없이 나오기 마련이다. 더 좋은 아이템을 발굴하려고 전화를 돌려도 모자랄 판에, 막내 넷이 쪼르르 밖으로 나가면 좋아할 선배는 없을 터. 우리는 메신저로 대화를 하며 순번을 짰다.

업무에 집중하는 메인작가들을 의식하며 시간차를 두고 한 명씩 사무실 밖으로 탈출하는 것이다. 화장실을 가는 것처럼, 정수기 물을 뜨러 가는 것처럼, 중요한 전화를 받으러 가는 것처럼. 한 명은 휴지를, 한 명은 머그컵을, 한 명은 휴대전화를 들고 나가는 식이었다.

점심과 저녁 사이 모두가 출출한 시간, 손님으로 북적이는 포장마차 안은 마땅한 자리도 없어 선 채로 먹어야 할 때가 많았다.

메인작가들에게 들킬까 숨어서 헐레벌떡 먹었던 떡볶이, 맵고 달달한 떡볶이 국물에 찍어 먹는 오징어 튀김의 맛이란!

아무 일 없었다는 듯 떡볶이를 먹고 사무실로 돌아오면, 꾸벅꾸벅 졸기 일쑤였다. 우리는 떡볶이에 수면제 성분이 들어 있는 건 아닌지 진지하게 합리적 의심을 했다.

한국인의 소울 푸드, 아니 막내작가의 소울 푸드 '포장마차 떡볶이의 추억'은 십 년이 훌쩍 지나도록 뇌리 깊숙이 남아 있었나 보다. 추억의 서랍 속에 고이 넣어 두었던 사진이 눈앞에 덜컥 나타났을 때, 얼마나 깜짝 놀랐던지!

얼마 전 볼일을 보려고 여의도에 들렀다가, 떡볶이 포장마차가 여전히 그 자리에 있는 걸 발견했다. 중년 부부 주인도 흰머리만 늘었을 뿐 똑같았다. 아내는 떡볶이 국물을 보충하고 남편은 오징어를 손질하고 있었다.

달라진 게 있다면 모자를 눌러쓰고 추레한 트레이닝복을 입은 막내작가들이 아닌, 정장 차림의 증권맨들이 쪼르르 서서 떡볶이를 먹고 있었다는 점.

나는 아련한 추억에 젖어 포장마차 앞에서 한참을 머뭇거렸다.

군침이 절로 돌았지만 약속 시간이 다 되어 발걸음을 떼야 했다. 그 순간, 오징어 튀김의 꼬릿하고 고소한 냄새가 내 뒤통수를 잡아끌었다. 역시는 역시다!

정신을 차려 보니 홀린 듯 떡볶이 국물을 찍은 오징어 튀김을 물고 있었다. 예전만큼은 아니었지만 훌륭했다. 흡족해하며 계산을 하고 나왔는데 아뿔싸! 찰랑이는 머릿결 사이로 기름진 튀김 냄새가 진동을 했다.

'그러고 보니, 이 냄새를 뒤집어쓰고 사무실로 들어갔는데 메인작가들이 몰랐을 리 없잖아?'

피식 웃음이 났다. 그때는 철석같이 모를 거라 믿었다. 하지만 속일 사람이 따로 있었다. 그런 경험 누구나 한 번쯤 있지 않은가. 학원비를 삥땅쳐 놓고 엄마한테 혼날까 봐 거짓말을 했는데, 완벽히 속였다고 믿었는데, 나중에 알고 보니 다 알고 있었다는 것.

우리가 감쪽같이 속여서 아무 말 하지 않은 게 아니었다. 아주 오래전 일이겠지만, 메인작가도 한때는 막내작가였으리라. 누구보다 그들의 심리를 잘 알고 고충을 이해한다. 나갈 건수만 생기면 놓치기 싫은 그 마음을, 몰래하는 일탈의 재미를. 그래서 많이도 눈감아 주었을 것이다. 우리의 귀엽고 소심한 반항을.

불안해할지언정
괴로워하지는 말자

나에겐 습관 한 가지가 있다. 습관의 탈을 쓴 '불안증'이라고 고백한다. 확실하게 정해지기 전까지 웬만해서 잘 믿지 못한다.

예를 들어 대략적으로 윤곽이 나온 기획이 있다고 치자. 최종결정권자가 승인을 할 때까지 일을 멈춰 버린다. 미리미리 준비해 두면 나중이 편하다는 것을 안다, 그래서 괴롭다. 결정을 쥔 자가 꾸물거리거나 확언하지 않으면 답답해서 미칠 것만 같다.

나는 앞으로 박차고 나갈 준비가 다 됐는데, 혹시나 어그러질까봐 전전긍긍하며 애가 타는 것이다. 곰곰이 생각해 보니 직업병의

하나였다. 다 된 밥을 예상치 못한 일로 엎어 버린 적이 한두 번이
아니다 보니 매사가 불안한 것이다.

아침 생방송 자리로 갓 입봉했을 때는 막내작가와 서브작가 일
을 겸했다. 일이 분 정도 되는 짧은 꼭지 하나를 맡고, 보도 자료나
출연자 관리, 방송 게시판에 방송 정보를 정리해서 올리는 일도 함
께했던 것이다. 한마디로 막내 겸 서브라고나 할까.

삼 주 정도 지난 후, 드디어 육 분 내외의 제대로 된 꼭지를 쓸 기
회를 얻었다. 나의 첫 아이템은 지방의 한 지하철역 역장 취임식
이었다.

평범한 취임식이라면 취재거리가 됐을 리 없다. 무려 주인공은
'강아지 역장님'이셨다. 몸무게가 칠백오십 그램에 불과한, 세계에
서 가장 작은 초미니 반려견 담비는 찻잔 속에 들어갈 정도로 작아
'티컵 강아지'라 불렸다.

요즘은 인간의 이기심으로 개량한 티컵 강아지가 동물 학대라
고 비난받지만, 당시엔 유행처럼 번질 때였다. 문제의식이 거의
없었던 시절이라, 나 역시 그저 귀여운 강아지를 취재할 수 있다는
생각에 들떴다.

낮에는 막내작가 일을 하느라 촬영구성안을 쓸 여유가 없었다.
퇴근 후 집에 오자마자 노트북부터 펼쳤다. 본격적으로 내용을 쓰

기 전에 먼저 '뚜껑'이라 부르는 촬영구성안의 첫 페이지(표지)부터 만들었다.

처음으로 내 이름이 들어간 촬영구성안 파일을 바탕화면에 떡하니 저장하니, 어깨에 힘이 쑥 들어가는 기분이었다. 프롤로그를 어떻게 써야 시선을 사로잡을 수 있을까.

사람이 아닌, 강아지가 역장이라는 사실로 반전을 주는 게 좋겠다. 나는 지하철역 직원들을 활용하는 방법을 떠올렸다. 유니폼을 입고 흰머리가 희끗한 직원에게 피디가 다가가 이렇게 묻는 것이다.

"안녕하세요~ 오늘 새 역장님 취임식이 있어서 왔는데 혹시 역장님이신가요?" 하면 직원은 고개를 젓는다. 옆에 다른 직원에게 물어봐도 자신은 역장이 아니라고 한다.

세 번째쯤으로 물어본 직원이 "아 저희 역장님이요, 소개해 드릴 테니 따라 오세요" 하고 피디를 어디론가 데려가면 '역장 유니폼'을 입은 귀여운 담비가 카메라를 쳐다보고 꼬리를 흔든다. 아마도 자막은 이렇게 들어갈 테지.

"오늘부터 ○○역은 저에게 맡기라구요~"
담비(2) / ○○역 명예 역장님

그리고 담비의 주인인 수의사를 만나 이 작은 강아지의 탄생 스토리를 듣고, 앞으로 명예 역장이 되면 어떤 일을 하는지 등을 소개한다.

담비는 일 년 동안 역 안에서 근무를 하게 되는데, 주된 업무는 지하철 승객에게 재롱떨기, 지하철역 순시하기였다. 한 달 월급은 사료 한 포대라는 귀여운 설정도 있었다.

수의사와 통화한 내용, 미리 올라온 기사를 바탕으로 촬영구성안 흐름을 잡고, 수의사 인터뷰 질문지도 작성했다. 그리 어려운 내용도 아니었는데 구성이 들어간 글은 처음이라 고민은 새벽까지 이어졌다.

자료 조사를 해 보니 동물이 '역장'을 맡은 건 담비가 최초는 아니었다. 2007년에 일본 와카야마 현(和歌山県)의 한 무인 기차역에는 '고양이 역장'이 있었다.

이용객이 적어서 폐역이 될 뻔했는데, 고양이 역장 덕분에 관광 명소로 되살아났다는 내용이었다. 아마도 강아지 담비를 역장 자리에 앉히는 건 이를 벤치마킹한 것이리라.

취재진의 열기가 가득한 담비의 취임식 현장 스케치, '몸집이 작고 연약한 담비에게 야근은 금물이에요~' 하는 리포터의 애교 섞인 당부 멘트도 잊지 않고 촬영구성안에 넣었다.

다음 날 아침, 공들여 작성한 촬영구성안을 현장으로 출발한 피디의 메일로 보냈다. 이제부터는 피디 몫이다!

부디 담당 피디가 내가 촬영구성안에 쓴 내용 이상의 것들을 풍성하게 담아오길 기대하며 다른 업무에 집중했다. 그런데 몇 시간 후 나는 예상치 못한 소식을 전화로 듣게 됐다.

"네, 민섭 피디님. 현장에 잘 도착하셨죠?"
"아, 도착은 했는데 큰일 났어요."
"큰일이요?"

'취임식이 취소됐나? 제발 아이템이 엎어졌다는 소리만은 하지 말아 줘!' 나는 불안감에 사로잡혔다. 보통 피디에게서 전화가 오는 건 불길한 징조다. 제발 내가 상상하는 그것만은 아니길.

"아니, 그게… 담비가 죽었어요."

피디에게 전해 들은 소식은 믿기 어려웠다. 정말 황당하고 안타까운 사고였다. 취임식 날 아침, 담비는 수의사의 차를 타고 역 앞까지 무사히 잘 도착했다고 한다. 수의사가 담비를 내리려고 트렁크 문을 여는 순간, 갑자기 강아지가 폴짝 뛰어내리면서 땅바닥에 머리를 부딪쳐 죽었다는 것이다. 이제 두 살이 된 담비는 그만큼 작고 연약한 존재였다.

갑작스럽게 비보를 전해 들은 나는 충격에 휩싸였다. 애써 쓴 원고가 무용지물이 된 것보다, 어제까지만 해도 멀쩡했던 한 생명이 갑자기 이렇게 어처구니없는 사고로 세상을 뜰 수 있다는 사실이 놀랍고 허탈했다.

피디와 나는 전화기를 사이에 두고 한참 동안 말을 잇지 못했다. 하지만 더 지체해 봤자 답이 나오는 일이 아니었다.

"어쩔 수 없죠. 조심히 올라오세요."

교체할 다른 아이템을 서둘러 찾는 게 현실적인 대안이었다. 나는 급박하게 다른 아이템을 찾아서 무사히 방송을 넘겼고, 한동안 담비를 잊고 살았다.

몇 달 후, 문득 담비의 뒷이야기가 궁금해졌다. '혹시 신문기사로 조그맣게라도 나오지 않았을까' 하는 생각이 든 것이다. 인터넷을 검색해 봤다. 그리고 내가 모르는 사이 담비를 위한 '추모제'가 열렸었다는 사실을 알게 됐다.

알고 보니 담비의 역장 취임식은 논란이 많았다고 한다. 이 작은 강아지를 실내 공기도 좋지 않은 지하철역 안에 오래 두는 것 자체가 동물 학대라며 동물보호시민단체에서 반대했다고 한다.

하지만 시에서는 지하철역 홍보에 욕심이 났던지 이를 무시했고 안타깝게도 사고가 발생했던 것. 나는 이 모든 사실을 담비가 죽고 난 지 한참 후에야 기사를 읽고 알았다.

이 아이템을 선택한 건 초소형 강아지에 대한 상식이 부족했고, 그래서 다방면으로 취재해 보지 못한 나의 부족함도 한몫했다. 설사 담비가 죽지 않고 방송을 탔더라도 논란만 커졌을 것이다.

'강아지의 귀여운 모습이 방송에 나가면 사람들이 좋아하고 시청률도 잘 나오겠지?' 하는 생각은, 그야말로 어리석고 위험한 발상이었다.

방송은 그렇게 단순한 일이 아니었다. 파급력이 큰 만큼 신중하고 또 신중해야 한다. 아무리 작아도, 생명일 경우 더 그렇다.

첫 원고가 물거품이 돼 버린 일은 시작에 불과했다. 이후로도 크고 작은 사건으로 원고를 다시 쓰거나, 아이템을 다시 찾아야 하는 일은 수없이 반복됐고, 그래서 방송이 텔레비전 밖으로 나갈 때까지 나는 불안을 한 시도 놓을 수 없었다. 불안과 함께 산 셈이다.

다시 프리랜서 작가로 돌아온 나는, 나의 불안이 툭 하면 엎어지는 방송 일에서 비롯했다는 걸 깨닫고 체념했다. 아무리 꼼꼼하게 준비한다 한들, 생각지도 못한 변수 때문에 원점으로 되돌아가는 일은 여전했다.

불과 두 달 전까지만 해도 '코로나19'로 나의 글쓰기 강의가 취소

될 줄 누가 알았단 말인가. 어쩌지 못하는 상황을 붙들고 불안해할지언정 괴로워하지는 말자. 매사에 어그러지는 게 계획이고, 세상사라는 걸 받아들이는 일이 더 현명할지도. 그저 앞에 놓인 지금 할 일을 하자.

낯설고 두려운 '처음'을 위로하면 안 되나요?

옆 팀에 새로운 막내작가가 들어왔다. 일 년 만에 세 번째 바뀐 막내작가였다. 그 프로그램은 두 팀으로 돌아갔는데 한 팀이 메인 작가, 서브작가 넷, 막내작가로 이루어졌고 당시 나는 서브작가로 일하고 있었다.

막내작가 혼자 서브작가 넷을 돕는 구조이니 쉬운 일은 아니었다. 하지만 그만둔 옆 팀의 막내작가는 일을 곧잘 했기에 오래 있을 줄 알았다. 삼 개월 만에 퇴사를 알린 이유는 예능작가를 하고 싶어서라고 했다.

반면, 우리 팀 막내 혜연은 일 년 넘게 굳건히 자리를 지키고 있었다. 조용히 제 할 일을 잘하는 그녀가 옆 팀의 막내 자리가 비자 지인을 소개했다. 혜연의 추천이라면 믿을 만하다고 생각했다.

"신방과 동기인데요, 성격도 엄청 밝고 방송부 활동도 오래 했어요. 학생회장도 했었고요."

이번에는 괜찮은 친구가 들어와서 진득하게 있겠구나, 기대를 품었다. 하지만 혜연의 소개와는 달리, 그 친구의 첫인상은 다소 어두웠다.

들릴 듯 말 듯한 목소리로 인사를 한 뒤 빈자리에 앉았다. 처음이라 어색해서였을까, 한참 동안 가방을 정성스럽게 푼 그 친구는 경직된 자세로 모니터만 노려보고 있었다.

새로 온 친구와 한 팀인 서브작가들은 취재 전화를 하느라 정신이 없었다. 누구도 새로 온 막내작가에게 관심을 가지지 않았다.

막내작가는 자료 조사부터 소소한 섭외까지 할 일이 많았지만, 아무것도 모르는 그녀에게 일일이 해야 할 일을 설명해 줄 시간이 없는 듯했다. 서브작가들은 새로 온 친구에게 일을 시키는 대신 익숙한 혜연이만 계속 찾았다.

"혜연아, 여기 전문가 리스트 좀 줘 볼래?"

"혜연아, 아까 연락해 본 데는 뭐래?"

"혜연아, 거기 협회에 공문 좀 보내 줄래?"

"혜연아, 이거 프리뷰 좀 맡겨 주라. 급한 거야."

"네, 언니."

혜연은 항상 고요했다. 마치 잔잔한 호수 위를 유영하는 백조와도 같았다. 하지만 우리는 안다. 그녀가 가라앉지 않으려고 누구보다 바쁘게 두 발을 움직이고 있다는 사실을.

반면, 새로 온 친구는 무엇을 해야 할지 모르니 눈치만 살피느라 곧 물속으로 가라앉을 판이었다. 혜연에게 물어보고 싶었겠지만 그녀 역시 너무 바빠 보였을 터. 그렇다면 선배인 서브작가에게 "저는 무슨 일을 할까요?" 하고 먼저 물어보는 방법이 있다.

하지만 그 친구는 생각보다 더 숫기가 없었다. 이러지도 저러지도 못한 채 모니터만 뚫어지게 쳐다보다가 가끔씩 무언가를 수첩에 메모했다.

점심시간, 우리는 막내 둘을 챙겨 밥을 먹으러 갔다. 식사 자리에서도 새로 온 친구는 말이 없었다. 묵묵히 밥을 넘기며 묻는 말에만 짧게 대답했다. 우스갯소리를 해도 어색한 미소만 지을 뿐이었다.

식사를 마치고 자리에 돌아와 또다시 멍을 때리고 있는 친구. 나는 이대로는 안 되겠다 싶어 새로 온 친구에게 전문가의 전화번호를 건네 주며 인터뷰 날짜를 잡아 달라고 부탁했다.

그 친구는 매우 당황한 표정이었다. 전화기를 들었다 놨다를 반복했다. 번호를 눌렀다가 황급히 다시 끊고 수첩에 뭔가를 끄적거렸다. 나는 그녀에게 처음부터 하나하나 설명을 해 줄까 하다가 그냥 둬 버렸다.

내 일 하기도 바빴지만, 마음이 동하지 않은 게 사실이다. 삼 개월 전 입사한 막내작가에게도 '해야 할 일' 리스트를 요일별로 쭉 뽑아 꼼꼼하게 가르쳐 줬지만, 보란 듯이 예능작가를 하고 싶다며 떠나 버렸다.

교양작가들은 실컷 일을 가르쳐 놓으면 막내작가들이 '예능한다며' 떠나 버리는 현상에 지쳐 있었다. 교양프로그램은 보는 사람에게도 만드는 사람에게도 인기가 없었다. 더는 후배 작가에게 마음을 쏟고 배신감을 느끼고 싶지 않았다. 결국 내가 부탁했던 섭외는 혜연이가 했다.

새로 온 친구는 다음 날 출근하지 않았다. 생각보다 빠른 수순이었다. 소개를 해 준 혜연은 굉장히 민망해하면서 상황에 맞지 않게 사과를 했다.

"걔가 절대 그런 애가 아니거든요. 책임감 강한 친구인데 저도 이번에 좀 놀랐어요. 이제 소개 같은 거 안 하려고요. 괜히 저 때문에 죄송해요."

"네가 사과할 일이 아니지. 근데 그만둔 이유가 뭐래? 방송작가 하고 싶어 해서 소개시켜 줬을 것 아냐."

나는 진심으로 궁금했다.

"엄청 하고 싶어 했죠! 그래서 소개해 준 건데… 이유가 좀 황당해요. 서브 언니들이 무섭대요. 언니들 다 좋은 분인데."

혜연의 말대로 황당했다. 누구도 그 친구에게 혼을 내거나 뭐라고 하지 않았으니 말이다. 물론 그 마음이 전혀 이해되지 않는 건 아니었다. 투명 인간처럼 홀로 버틴 열 시간 남짓이 얼마나 길게 느껴졌을까.

'무섭다'라는 말이, 꼭 누가 호통을 쳐서는 아닐 것이다. 지독한 무관심과 모든 걸 알아서 해야 한다는 상황 자체였을지도 모른다. 더구나 사회 생활이 처음인, 이제 갓 대학을 졸업한 사회 초년생이 아닌가.

나는 자책감을 느꼈다. 우리는 바쁘다는 이유로, 막내작가는 금방 떠나 버린다는 선입견으로, 우리가 해야 할 최소한의 임무조차 하지 않은 건 아닐까.

무엇을 해야 하는지 모르는 상황에 누구 하나 알려 주는 사람이 없었다. 말 그대로 눈치껏 일을 배워야 하는 시스템이었다. 버틸 수 있으면 버텨 보란 꼴이다.

하지만 인간은 예민한 감정을 지닌 동물이 아닌가. 아무리 근무 환경이 열악하다는 걸 알고 들어왔다고 해도 차가운 공기 속에서 아무렇지 않을 사람은 없을 것이다.

"걔는 어차피 방송 일 오래 못할 애였어, 하루 빨리 그만둔 게 다행이지 뭐."

자책감을 덜기 위해 서브작가들은 한 목소리로 그녀를 탓했다. 나 역시 동조하며 '요즘 애들의 나약함'을 논했던 걸로 기억한다. 하지만 마음 한편이 쓸쓸해지는 건 어쩔 수 없었다. 인정하기 싫지만, 우리는 못난 선배들을 쏙 빼닮아 가고 있었다.

누구나 처음은 낯설고 두렵다. 하지만 그 시절이 지나면 또 까마득하게 잊고 산다. 잊는다는 건 축복이자 저주일 테다. 우리는 충분히 더 따뜻한 사람이 될 수 있는데, 이런저런 핑계를 대며 먼저

손 내미는 걸 꺼린다. 물론 스스로 견디고 극복해야 하는 부분도
있다.

과거의 나를, 처음의 나를 잠시 떠올려 보자. 매사에 어리바리하
던 그 시절, 먼저 말을 걸어 주었던 눈물 나게 고마운 사람이 있다.
그 사람을 잊지 못한다. 우리도 누군가에게 그런 사람이 되어 주
는 건 어떨까.

그의 분노는
나와 우리를 위한 것이다

이 년 전, 부부 사이에 절대로 해서는 안 된다는 일에 손을 대고 말았다. 남편에게 운전을 배운 것이다. 그놈의 1호선 때문이다.

결혼을 하면서 경기도로 이사를 왔다. 서울에서만 쭉 살았던 나는 교통수단의 중요성을 온몸으로 실감했다. 서울과 달리 경기 지역 지하철 1호선은 배차 간격이 길었고 중간에 끊기는 구역이 많았다. 타이밍이 어긋나면 사십 분씩도 기다려야 했다.

문제는 야외 플랫폼이 대부분이라는 점, 출퇴근길의 모든 고통은 날씨에서 비롯됐다. 겨울이면 오줌 마려운 사람처럼 두 다리를 동동거렸고 발가락에는 서서히 감각이 사라졌다. 여름이면 겨터 파크(겨드랑이+워터 파크) 개장과 동시에 얼굴에서 육수가 줄줄 흘러 내렸다. 더는 못 참겠다 싶었다. 십 년 만에 장롱면허를 꺼내기로 결심했다.

싸우지 않을 자신이 있었다. 우리 부부는 2016년 연애를 시작한 이래 지금까지 헤어지자는 말은 입 밖에도 꺼낸 적이 없으며, 싸운 일도 다섯 손가락 안에 꼽는다.

물론 살아 있는 부처 남편 덕분임을 인정한다. 아내가 어떤 진상 짓을 해도 화는커녕 흥분조차 하지 않는 평화의 상징, 비둘기 같은 그에게 신뢰가 깊었다. 하지만 운전만큼은 예외였다.

우회전을 크게 돌 때, 교차로에서 차선을 바꿀 때, 빨간 신호등을 못 보고 속도를 높일 때 어김없이 호랑이 선생님의 불호령이 떨어졌다. "뭐하는 짓이야!"

나는 나의 잘못된 행동보다는 그의 높은 목소리 톤에 포커스를 맞췄다. "아, 깜짝이야! 미쳤어? 왜 소리를 지르는데!"

밀린 방학 숙제를 해치우듯, 운전을 배우며 그동안 밀린 싸움을 몰아서 했다. 참으로 오랜만에 느끼는 롤러코스터 같은 감정이었다. 방송 일을 할 때는 피디들과 참 많이도 싸웠는데. 특히 시사 전날 발효실 안은 이불 밖보다 더 위험했다.

며칠 동안 집에 못 가 씻지 못한 두 사람이 비좁은 방 안에서 또다시 하룻밤을 꼬박 새워야 하니, 우리는 시사 전날 편집실을 '발효실'이라고 불렀다.

발효실에 들어온 피디와 작가는 뜨거운 전우이자 철천지원수가 된다. 분명 전화나 회의에서 대화했을 땐 '너와 나는 같은 생각이구나'라고 믿었는데, 영상을 확인해 보면 동상이몽이 따로 없었다. 그날은 더구나 너무 사소한 문제였다.

"이 실험은 어차피 반복되는 그림인데 분할 화면으로 짧게 가는 게 어때요?"

방송 분량에 맞추려면 영상 길이를 십 분 이상 줄여야 하는 상황, 무언가를 쳐내야 한다면 그게 최선이라고 생각했다. 하지만 피디의 생각은 달랐다.

"작가님 말은 알겠는데, 이거 줄여 봤자 티도 안 나요."

"얼마 안 돼도 어차피 줄이긴 해야 하잖아요. 저는 이 실험 장면 계속 보는 게 지루한데요? 내레이션 쓸 말도 딱히 없고요."

피디의 인상이 은박지처럼 구겨졌다.

"별 차이 없다니까요? 이거 분할로 가면 설명도 잘 안돼요."

"앞에서 이미 내레이션으로 실험 설명 다 했고 충분히 이해될 것 같은데요? 조금이라도 줄여야 하잖아요. 이 부분부터 정리하죠."

갑자기 버럭, 큰소리를 내는 최 피디.

"제가 편집기사는 아니잖아요!"

응? 이건 또 무슨 뚱딴지 같은 소리일까. 그 어조나 문장에서 "행복은 성적순이 아니잖아요!"라고 외치는 사춘기 소년의 절규가 떠올랐다.

"누가 그렇대요? 웬 오버예요, 참나."

그의 큰소리에 눈알이 튀어나올 정도로 놀랐지만, 나는 최대한 태연한 척했다. 말없이 한숨을 푹푹 내쉬는 최 피디, 침묵으로 둘러싸인 발효실 안에는 긴장감이 감돌았다.

발효 시간이 넘치면 식초는 술이 된다, 술이 되기 전에 빨리 이 공간에서 벗어나야 한다! 게다가 나는 조금 쫄았다, 밀폐된 공간이었다. 그는 덩치도 나보다 컸고 힘이 센 남자였다. 그의 콧김에서 한동안 식지 않은 분노가 느껴졌다. 급기야 손목에 감겨 있던 붕대를 풀기 시작하는 그! 손목터널증후군 때문에 얼마 전 깁스를 했다고 들었다.

'왜 붕대를 푸는 건대? 이렇게 내 작가 생활이 끝나는 건가.'

나는 금방 핵주먹이라도 날아오는 건 아닌지 곁눈질로 그의 움직임을 주시했다. '주먹이 날아오면 일단 내 오른쪽 팔꿈치를 올려 막고, 왼손으로 저 문을 열어 잽싸게 탈출해야지.' 나는 머릿속으로 탈출 시나리오를 시뮬레이션했다.

다행히 그는 붕대를 풀어 가지런히 책상에 올려 놓았다. 휴, 살았다. '손목을 긁는 거 보니 가려웠구나. 그래, 벌써 며칠째 못 씻었냐.' 혼자만의 분노 조절 시간을 충분히 가진 최 피디는 언제 그랬냐는 듯 침착해진 목소리였다.

"작가님, 제가 갑자기 흥분해서… 화내서 미안해요. 작가님 말대로 분할로 가죠. 이 부분 날리자는 거죠?"
"아니에요, 제가 너무 제 말만 강요해서 미안해요. 근데 저 진짜 피디님을 편집기사라고 생각한 적 없어요."

상황은 급전환. 알고 보니 우리는 같은 종착지로 항해하는 한 배에 탄 선원이었다. 원수처럼 싸우다가도, 갈등의 고리는 툭 끊어지기 마련이었다.

내가 당신보다 잘났다는 뜻이 아니었다. 함께 최선의 길을 탐색하던 중이었다. 길을 잃고 서로를 탓하는 대신, 지도를 한 번 더 들여다보는 편이 나았다.

남편과도 마찬가지였다. 한바탕 차 안에서 전쟁을 치르다가도, 심호흡을 한 뒤 주차를 하고 차에서 내리면 상황은 급변했다.

"저녁에 뭐 먹지, 자기야?"
"자기 먹고 싶은 거!"

방금 전까지 차 안에서 지지고 볶고 했던 두 사람은 온데간데없이 사라지고, 언제 그랬냐는 듯 다정한 부부로 돌아오곤 했다.

그의 분노가 나를 위한 것임을 안다. 한 번 잘못 들인 습관이 얼마나 위험한지도 안다. 격류에서 허우적거리고 있을 때는 당장 코앞만 보일 뿐이다.

때로는 한 발자국 떨어져서 보면 보이지 않던 게 보이기 마련이다. 눈에서 어느 정도 멀어져야 비로소 정체를 드러내는 '매직 아이' 같다고 할까.

마음이 뒤틀리고 격해질수록 한 템포 쉬어 가자. 상대방의 분노가 어디서 비롯되었는지 살펴보자. 나와 우리를 위해서였다는 걸 알게 되는 순간, 미움은 고마움으로 바뀔 터이니.

누구도 예외일 수 없는,
실수의 추억

미국 미네소타 주에 워비곤 호수라는 작은 마을이 있다. 이 마을 여자들은 모두 힘이 세고, 남자들은 평균 이상으로 잘생겼으며, 아이들은 똑똑하다고 믿는다고 한다.

모두가 스스로를 '평균 이상'이라고 믿는 그곳은 천국일까 지옥일까. 너무 심각하게 고민하지 않아도 된다. 미국의 풍자 작가 개리슨 케일러(Grrison Keillor)가 만든 드라마 속 허구의 세상이니까.

자신의 능력을 과대평가하는 '워비곤 호수 효과(Lake Wobegon Effect)', 즉 근자감은 비단 남의 이야기가 아니다. 실제로 다양한 연구 결과에서 인간은 보편적으로 '나는 남들과 다르다', '그래도 평균 이상은 된다' 하는 심리를 갖고 있다는 사실이 드러났다.

스스로를 믿고 자신감을 갖는 건 아무래도 좋은 일 아닐까. 과도한 경쟁으로 지친 일상 속에 작은 활력소가 될 테니까. 하지만 과신이 지나치면 지옥을 경험할 수 있다.

메인작가로 입봉한 지 얼마 안 됐을 때의 일이다. 내가 맡은 프로그램은 대 놓고 건강식품을 소개하는 협찬프로그램이었다.

협찬 아이템은 한국에 수입된 지 얼마 안 된 이색열매였다. 당연히 우리나라에서 열매를 먹고 있는 사례자를 찾기란 쉽지 않았다. 게다가 협찬사의 요구에 따라 암(癌) 호전에 도움이 되었다는 걸 증명해야 했다.

나와 막내작가는 일주일 넘게 야근을 하며 수소문했지만 결국 사례자를 찾지 못했다. 암 호전은커녕 열매를 먹었다는 사람조차 거의 없었다. 시간은 흘러 결국 본사 아이템 회의 날이 닥쳤다.

프로그램을 처음 기획했다는 선배 작가가 제작사에 있었다. 그분은 나보다 방송 경험도 오래됐고 인품도 훌륭했다. 자리가 잡힐 때까지 처음 한두 편은 어려운 일이 생기면 도와주겠다고 했다. 나는 그녀에게 SOS를 쳤다.

"작가님, 이게 우리나라로 들어온 지 얼마 안돼서 환자는커녕 먹는 사람도 없대요. 섭외가 안 돼서 기획안에 딱히 쓸 내용이 없는데 본사 회의는 못 미루겠죠?"

"찾기 쉽지 않을 거예요. 회의는 가야 하니까 일단 가라(가짜)로 만들어 가죠."

빈손으로 회의에 들어갈 수는 없는 노릇, 일단 급한 불부터 끄고 보자는 말이었다. 어려운 일은 아니었다. 사례자가 잡히지 않을 경우, 우선 가짜 예시로 기획안을 채우는 일이 왕왕 있었다. 컨펌부터 받고 방법을 강구할 생각이었다.

나는 비슷한 효능을 지닌 다른 열매의 정보를 바탕으로 가짜 기획안을 쓰기 시작했다. 가상의 사례자가 걸린 병은 유방암, 다른 프로그램에 나왔던 출연자의 정보를 일단 써 넣었다. 그녀가 즐겨 먹었을 열매 요리의 레시피도 상상력을 동원하여 만들었다.

그럴싸한 '가라(라고 쓰고 구라라고 읽는) 기획안'이 완성됐다. 내용이 어떤지 선배에게 한번 봐 달라고 카톡으로 파일을 전송했다.

"어어어? 어? 어떡해! 어떡해!" 이럴 수가! 머리카락이 쭈뼛 섰다. 실수로 '가짜 기획안'을 그녀가 아닌, '작가 단톡방'에 보낸 것이다. 이천 명이 넘는 방송작가가 들어와 있는 단톡방이었다.

방송작가들끼리 구인이나 섭외 정보를 공유하려고 만들어졌는데, 보통은 '어떤 프로그램에서 ○○년 차 작가를 구합니다', '〈세상에 이런 일이〉에 출연했던 김개똥 씨 연락처 아시는 분~' 하는 글들이 올라오곤 했다.

가끔 막내작가가 친구에게 보낼 메시지를 실수로 잘못 올려서 논란이 되기도 했다. 가령, 옆자리에 앉아 있는 메인작가 욕이라든가.

메인작가 욕은 아니더라도 만만치 않은 실수였다. 2000에서 1998, 1903으로, 점점 '안 읽음' 수가 줄어들자 나는 사색이 됐다.

단톡방 안에는 동일 프로그램의 경쟁 제작사 작가도 있을 테고, 비슷한 류의 아이템을 열나게 찾고 있을 막내작가들이 수십 명은 있을 터. 사례자의 연락처까지 들어 있는 나의 가짜 기획안을 열어 보기라도 한다면, 난처한 상황이 생길지도 모를 일이었다.

카카오 본사에 전화를 해 봤지만, 이미 넘어간 파일을 되돌릴 순 없다고 했다. 그때 묘안이 번뜩 떠올랐다. 나는 친한 작가 몇 명이 모여 있는 단톡방에 도움을 요청했다.

"얘들아, 혹시 단톡방 봤어? 나 좀 살려 주라…."

그들은 일사분란하게 움직이기 시작했다.

"프리뷰어 구합니다~"

"현미야, 밥 먹으러 가자. 아이고, 방을 잘못 찾았네요. 죄송."

"프랑스어 통역 아시는 분?"

"저 압니다. 갠톡 주세요."

"이 분도 통역 잘해요. 번역도 됩니다. 프랑스어 통역 김봉쥬르: bonjour@france.com"

"ㅋ"

"ㅋ"

"ㅋ"

"ㅋ"

"ㅋ"

"ㅋ"

"ㅋ"

"ㅋ"

"ㅋ"

"ㅋ"

"ㅋ"

"ㅋ"

"앗, 죄송합니다. 울 집 냥이가 키보드 자판을 눌렀네요."

작가 친구들은 합심하여 작가 단톡방에 새 글을 올렸다. 새로운 글로 카톡방이 뒤덮이자, 어느새 내가 실수로 보낸 파일은 저 위로 올라가 있었다. 그래 조금만 더 힘내자. 더! 더! 아무도 못 보게 저 하늘까지 올려 버리자고. 한국인의 저력을 보여줘!

다행히 친구들의 도움으로 유야무야 덮었지만, '혹시 누군가 파일을 열어 보고 가짜 사례자에게 연락을 하면 어쩌지' 하는 두려움으로 나는 방송이 나간 이후에도 한동안 불안에 시달려야 했다.

상상조차 해 본 적 없는 실수였다. 그동안 문자를 잘못 보내거나 단톡방 실수를 하는 사람들을 보면서, '왜 저런 실수를 하지? 바본가' 했던 나였다. '나는 절대 그럴 리 없어'라는 믿음이 깨지던 그 순간, 조금 우습지만 또 다른 세상의 문이 열리는 기분이었다.

실수에는 누구도 예외가 없다. '나는 절대로 그럴 리 없다'는 호언장담은 '그런 일'이 벌어지기 직전까지만 유효했다. 그러니 누군가 어처구니없는 실수를 저지르거든, 탓하기보다는 해결 방법을 함께 찾아 주자.

절망의 구렁텅이에서 허우적거리는 그에게 구명조끼가 되어 줄 것이다. 물론 같은 실수를 여러 번 반복하면 곤란하겠지만.

한 귀로 듣고 흘리는
능력이 필요하다

'한 귀로 듣고 한 귀로 흘려~'라는 말이 어디 말처럼 쉬운가. 아, 물론 예외는 있다. 부모님의 잔소리는 아주 쉽다.

그 외에는 일단 말이 한 귀로 들어온 이상, 뇌를 거쳐야 반대편 귀로 빠져나갈 수 있으니 보통 어려운 일이 아니다. 게다가 그런 말은 보통 마음이 구겨질 대로 구겨졌을 때 하는 위로 아닌가. 나역시 한 귀로 듣고 한 귀로 흘리는 일이 참으로 어려운, 종지 같은 사람 중 하나다.

하지만 세상엔 나처럼 종지만 있는 게 아니라, 사발 같은 사람도 있고 세숫대야 같은 사람도 있다는 걸 그땐 몰랐다.

새 메인작가가 한 명 더 들어오는 날이었다. 꼭지를 쓸 서브작가가 도저히 구해지지 않자, 메인작가 두 명에 막내작가 한 명을 앉히는 걸로 작가 인력을 재분배한 것이다.

나는 조금 긴장됐다. 동등한 입장인 메인작가이지만 그녀는 나보다 연차가 더 높다고 들었고, 같은 프로그램 안에서 혹시나 비교가 되는 건 아닐까 걱정됐던 것이다. 게다가 방송은 '시청률'이라는 성적표를 매번 안겨 주니 더 그렇다.

물론 시청률이 잘 나왔다고 꼭 방송 퀄리티가 좋다는 뜻은 아니다. 방영 시기나 이슈에 따라, 동시간 타 방송사 프로그램에 따라 시청률은 크게 영향을 받는다. 하지만 아무래도 한 프로그램에 메인작가가 두 명인 상황은 신경이 쓰일 수밖에 없다.

새 메인작가는 나의 걱정이 무색할 정도로 유한 인상이었다. 나보다 나이가 많다고 기선 제압이나 선배 노릇을 하려고 하지도 않았다.

오히려 프로그램에 두 달 먼저 들어온 나에게 이것저것 물어보며 배우려고 했다. 나도 금세 경계를 풀었고 '언니, 언니' 하며 친해졌다.

그녀가 첫 출근하던 날에 아이템 회의가 있었다. 메인작가 둘,

막내작가 하나, 메인피디 하나, 서브피디 둘, 조연출이 한 테이블에 모였다.

메인피디는 이 바닥에서 일을 잘한다고 나름 소문이 나 있는 사람이었다. 하늘은 참 공평하게도 일 잘하는 사람에겐 싸가지를 빼앗아 가는 경향이 있다.

그는 말 그대로 싸가지는 없지만 일 잘하는 피디였다. 일 못하고 착한 피디보다야 백번 낫지만, 결코 호락호락한 상대는 아니었다.

그는 그답게, 아니 평소의 그 이상으로 새 메인작가를 대했다.

"그거는 말이 안 되지 않나? 본사에 백방 까일 것 같은데?"

새 메인작가가 조심스럽게 내민 아이디어에, 그는 건들거리는 말투로 혹평을 했다. 그리고는 마치 동의를 구하듯 서브피디들을 둘러보았다.

그가 프로그램 초창기 세팅을 할 때부터 데리고 온 충심 가득한 후배들이었다. 그들은 약속이라도 한 듯 그녀의 아이디어는 '말도 안 되는 소리'라며 메인피디의 말에 힘을 보탰다.

옆에서 보는 내가 다 민망했다. 이제 막 첫 출근했는데, 자기보다 한참 어린 피디가 반말을 섞어 가며 후배들 앞에서 저렇게 내리까다니. 나 같으면 얼굴이 벌써 달아올라 싸움 태세로 반격에 나섰을지도 모른다.

하지만 그녀는 침착했다. 잠시 멋쩍은 표정이었지만 '아 그런가요. 그럼 다른 걸 생각해 보지요 뭐' 하며 위기를 넘겼다.

두 시간여의 진땀 나는 회의를 마치고, 나는 상처받았을 그녀에게 바깥 공기를 쐬러 가자고 했다. 그녀는 기다렸다는 듯이 그러자고 했다. 따끈한 커피를 사이에 두고, 오지랖 넓은 위로의 말을 건넸다.

"아까 그 피디요. 말을 원래 좀 그렇게 하더라고요. 지내다 보면 금방 적응될 거예요."

"네?"

"아, 아까 언니한테 그렇게 말한 거요, 너무 신경 쓰시지 말라고요. 그냥 자기 후배들 앞에서 가오 잡는 거. 저도 처음엔 말투가 왜 저러나 했거든요."

나는 '그 맘 다 안다'는 듯, 공감의 신호를 보냈지만 전파가 미약했는지 그녀는 한참 동안 어리둥절한 표정이었다.

"아~ 아까 회의할 때? 에이 뭐 그런 것 가지고. 이미 한 귀로 듣고 바로 흘려 버렸어요."

별일 아니라는 듯, 그녀는 태연하게 커피를 홀짝였다.

그녀는 절대로 센 척을 하는 게 아니었다. 정말로 그 피디의 건방진 말투와 태도를 눈곱만큼도 신경 쓰지 않았다.

괜스레 마음에 담아 둔 건 나뿐이었다. 그녀의 고통을 내 일처럼 생각하며 혼자 민망해한 나를 떠올리니, 얼굴이 진짜로 빨개질 지경이었다.

"와, 그게 돼요? 저 같으면 되게 민망했을 거 같아서. 나도 한 귀로 듣고 흘리는 거 좀 잘했으면 좋겠다…."

진심이었다. 그녀의 넉넉함이 부러웠다. 그녀는 자신의 성격이 원래 둥글둥글해서 상처도 잘 안 받는 편이라고 했다. 그야말로 소처럼 우직했다. 아이템이 행여 엎어지면, 소 같은 표정으로 '다시 찾지 뭐' 하고 갈 길 가는 스타일이었던 것이다.

반면 나는 어떤가. 심혈을 기울인 아이템이 행여 틀어지면 본전 생각에 엄청난 스트레스를 받고 부들부들 떨었다. 당시에 나도 방송 십 년 차, 나름 이 바닥의 쓴맛을 봤다고 생각했다. 하지만 별 꼴 다 겪어도 쉽사리 생기지 않는 게 바로 굳은살이었다.

그녀가 타고나기를 무던하고 그릇이 넓은지, 방송 생활을 하면서 단단해진 것인지 알 길은 없지만, 한 가지는 분명했다. 일을 오

래 하려면 '한 귀로 듣고 한 귀로 흘리는' 능력이 필수로구나, 그것
이 나에게는 부족하구나.

어쩌면 그 때문에 이 바닥을 떠나야 할지도 모르겠다고 생각했
다. 보통 불길한 예감은 신기할 정도로 잘 맞는 편이다.

메인작가는 '인력 사무소'

Q. 작가님, 간단히 자기소개 부탁드립니다.

방송 일에 몸담은 지 십사 년 차 되는 이나래라고 합니다. 한국방송작가협회 회원으로 〈VJ 특공대〉, 〈생생 정보통〉, 〈생방송 오늘아침〉 등 주로 교양프로그램을 집필했습니다.

Q. 메인작가가 하는 일 중, 팀 꾸리는 일이 특히 힘들다고요? 작가들의 퇴사나 이직이 여전히 잦은가 봐요?

메인작가 별명이 '인력 사무소'라는 우스갯소리가 있을 정도로, 공석인 취재작가와 서브작가의 자릴 빠르게 메우는 것이 큰 역할이자 능력입니다. 그만큼 들고 나는 일이 잦아요.

특히 처음 방송작가를 지망하는 취재작가의 경우, 일부는 연예인을 만나고 싶은 마음에 혹은 당장 글을 쓸 수 있겠지 하는 기대감으로 출근하죠. 하지만 현실은 수십 장에 달하는 자료 수집, 잡다한 촬영 소품 챙기기, 불규칙한 출퇴근으로 체력 및 능력 한계치에 도달하면서 좌절합니다.

게다가 아무리 방송 제작 시스템이 좋아졌다고 해도 갑자기 촬영이 취소된다거나, 편집으로 이삼 일씩 사무실에서 붙박이장이 되는 일이 비일비재하니 스트레스가 상당하죠.

또 다른 이유로는, 일을 그만두기도 구하기도 쉬운 방송계 특유의 고용 불안 구직 시스템 때문인 것 같습니다.

Q. 요즘은 보통 어떤 방식으로 작가를 뽑고, 어떠한 과정을 거쳐서 퇴사하나요?

작가를 뽑는 방식은 크게 세 가지인데요.

첫째, 작가 구인구직 카톡 단톡방 혹은 방송작가협회 구인구직 게시판을 통한 공고.

둘째, 방송아카데미에 의뢰해 지원 받음.

셋째, 작가 라인(지인) 소개.

어느 직장이나 마찬가지겠지만 먼저 이력서를 보고, 어떤 업무를 수행해 왔는지 평가합니다. 우리 프로그램과 잘 맞을지 팀원들과 상의한 뒤, 면접을 보고 뽑죠.

퇴사는 보통 구두로 이뤄지는데요. 퇴사를 원하는 작가가 미리 어떤 사정 때문에 일을 그만둬야 한다고 말하면, 적절한 시기를 상의하고 새 작가를 뽑아 인수인계합니다.

하지만 급하게 다른 프로그램을 하게 됐다며 배려 없이 떠나 버리는 경우도 있고, 갑자기 사고를 당해 그만두게 되거나, 아무 이유 없이 연락이 두절되는 경우도 부지기수예요.

제가 겪은 황당했던 이야기를 하자면, 방송을 사 일 앞두고 섭외가 하나도 되지 않은 상황에서 서브작가가 연락이 두절된 사건이 있었어요. 삼십오 분짜리 코너라, 그야말로 비상사태였죠.

결국 메인작가인 제가 나서서 섭외하고 원고를 써서 방송을 겨우 내보냈는데, 지금 생각해도 정말 아찔했습니다.

한 달 뒤, 우연히 그 작가와 마주쳐서 그때 왜 잠수를 탔는지 물어보니, 울먹이면서 "남자친구와 헤어져서요…" 하더군요.

Q. 취재작가를 구할 때 가장 힘든 점은 무엇인가요?

현실적인 페이 문제죠. 돈을 얼마 못 주기 때문에 작가 구하는 게 어려워요. 면접 때 늘 눈치를 보며, "지금은 이 정도 줄 수 있는데 삼 개월 지나면 꼭 올려 줄게요" 하고 부탁하는 수준이에요.

제가 방송작가 일을 시작했을 때 취재작가가 받는 월급이 팔십만 원 정도였는데요, 그게 마치 정석인 듯 한동안 동결 상태였어요. 최근 들어서 방송작가유니온, 한국방송작가협회 등 여러 사람의 노력으로 그나마 취재작가 처우가 많이 개선된 편입니다.

Q. 예전에는 근로계약서 없이 방송 일을 시작하는 게 대부분이었는데, 요즘도 그런가요?

요즘은 각 방송사마다 의무적으로 계약서를 쓰고 있는 것으로 알고 있어요. 저도 2017년에 계약서라는 걸 처음 써 봤네요. 그 뒤로는 어느 방송사에 가든 계약서를 꼭 썼습니다.

근로계약을 기록으로 남기는 건 꼭 필요한 일이지만 '보여주기식'이란 느낌이 들 때도 있어요. 제작 과정에서 벌어지는 일에 대한 책임을 작가에게 짊어지게 하는 내용이 많거든요.

불리한 상황이 생기면, 본인들은 빠져나가겠다는 심산처럼 느껴지죠. 그런 조항들이 많다 보니 계약서를 쓸 때마다 '을'의 서러움이 밀

려둡니다. 페이 인상이나 법률적 보호 등 방송작가 처우 개선이 좀
더 필요하다고 생각해요.

Q. 방송작가로는 드물게, '출산 급여'를 받았다고요. 긍정적인 변화
네요?

지레 '안 되겠지' 생각하지 마시고, 노동부에 전화하거나 홈페이지
에 들어가서 신청하세요.

이전에는 프리랜서에 대한 출산 급여가 없었지만, 요즘은 출산 전
십팔 개월 이내에 삼 개월 이상 급여를 받고 일한 이력이 있다는 걸
서류로 증명할 수 있으면 한 달에 오십만 원씩, 세 달 동안 출산 급여
를 받을 수 있습니다.

프리랜서 신분인 방송작가들이 잘 활용하면 좋겠어요!

5부

이제는 나를 챙기면 좋겠다

내 모든 노력이
물거품이 될지언정

사극에 등장하는 단골 장면이 있다. 역모를 꾸민 죄인이 형틀에 묶여 곤장을 내리 맞는 모습이다. 옷이 다 찢어지고 엉덩이가 터져 피가 흥건해도 옴짝달싹하지 못하는 죄인을 보면 안타까웠다. 보통은 억울한 누명을 쓴 경우가 많았기 때문이다.

억울한 누명까지는 아니더라도 나도 곤장을 맞은 경험이 있다. 온몸이 욱신거리고 아팠지만 꼼짝없이 언어폭력을 견뎌야 했던 악몽 같던 그날, 나는 엄청난 대역 죄인이라도 된 기분이었다. 벌써 사 년도 더 된 일이다.

평소 관심이 있던 프로그램의 메인작가 자리 제안이 들어왔다. 하지만 언제나 그렇듯 완벽한 조건은 없었다. 그 프로그램의 담당 시피는 방송계에서 악명이 높은 사람이었다.

어느 정도냐 하면, 해당 프로그램을 겪어 보지 않은 작가들도 모두 그 이름을 알 정도였다. 나는 두려웠지만 욕심이 생겼다. 내 일만 똑바로 하면 괜찮을 거라 생각했고, 결국 팀에 합류했다.

육십 분짜리 방송을 만들려고 한 달을 넘게 준비했다. 출연자의 캐릭터가 무엇보다 중요한 프로그램이라, 담당 피디와 함께 전국 팔도를 돌았다. 마음에 드는 출연자가 나타나지 않아, 돌아다닌 곳만 해도 열 곳이 넘었다.

나의 유리 체력은 점점 바닥나고 있었다. 시간에 쫓기니 피디는 시속 백삼십 킬로미터 이상 풀 액셀을 밟았고 나는 멀미를 했다. "피디님 천천히, 천천히! 사고 나요" 하면, 그는 허허 웃으며 "작가님, 저도 딸린 식구가 있는 가장입니다" 하고 나를 안심시켰다.

드디어 괜찮은 출연자를 찾았고 촬영도 무사히 마쳤다. 하지만 작가의 본게임은 지금부터. 분량이 길다 보니 편집구성안을 쓰는 데만 꼬박 삼 일이 걸렸고, 원고를 쓸 때는 스무 시간 넘게 엉덩이를 떼지 못했다. 오줌을 누러 갈 시간이 아까워서 참았더니 아랫배가 찌릿찌릿했다.

점점 다가오는 성우 녹음 시간을 확인하며 꾸역꾸역 화면 속 빈

공간을 채워 나갔다. 그동안 정보프로그램을 많이 해 온 터라, 감성적인 터치가 필요한 글이 쉽지 않았다. 최대한 출연자의 마음을 헤아리며 내레이션 원고를 썼다. 훌륭하진 않아도 이만하면 괜찮다 싶었다. 시간이 무한정 있는 게 아니므로 적정선에서 타협해야 했다.

보통 시사를 할 땐, 내레이션 녹음이 안 된 가편집 영상으로 하는 게 일반적이었다. 어차피 시사 때 수정 사항이 많이 나오기 때문이다. 하지만 시피는 내레이션까지 입힌 영상으로 시사를 하고 싶어 했다. 그래서 제작진은 두 번 세 번 일을 해야 했고, 돈을 더 주고 성우 녹음도 두 번씩 땄다. 관례이니 따르는 수밖에 없었다.

그날 나는 운이 좀 없었다. 하필이면 성우에게 피치 못할 사정이 생겨 일 차 더빙을 못하겠다는 연락이 왔다. 어차피 실제 방송이 아닌 시사를 위한 더빙이니 피디가 성우 역할을 대신하겠다고 했다. 나는 그렇게라도 하면 다행이라고 생각했다.

그날 나는 운이 없던 게 분명했다. 하필이면 그날따라 본사 시사실이 만실이 되는 바람에 시피가 우리 제작사로 직접 오겠다고 했다. 구멍가게만 한 제작사에는 시사를 할 만한 공간이 따로 없었고, 우리는 황급히 회의실에 텔레비전 모니터를 연결하고 영상을 세팅했다.

본사 시피와 그의 부하 직원이 도착했다. 그는 아침에 부부 싸움이라도 한판 한 듯 인상이 구겨져 있었다. 나와 피디는 눈치를 살피며 그를 회의실로 모셨고, 그는 예상치 못한 말을 꺼냈다.

"팀장이고 조연출이고 전부 다 들어오라고 해!"

시피는 우리 팀 사람을 모조리 회의실로 소환했다. 본사에서는 보통 담당 피디와 작가만 들어가서 시사를 했다. 하지만 이번엔 우리 제작사 안에서 시사를 진행하니, 굳이 들어오지 않아도 될 팀원들까지 모두 부른 것이다. 좁은 회의실 안은 제작진으로 꽉 차 의자를 움직이기도 힘들 정도였다. 모두 모이자 피디가 조심스레 말문을 열었다.

"이번에 성우 스케줄이 안 돼서 제가 대신 더빙했습니다."

시피는 고개를 끄덕거렸고, 얼른 영상이나 보자는 듯 턱으로 모니터를 가리켰다. 프롤로그 영상이 나오고 몇 초 지나지 않아 나는 아연실색했다.
분명 일부러 그런 건 아닐 거라 믿지만, 피디의 더빙 상태는 심각했다. 아무 감정도 없는 로봇처럼, 국어책을 읽듯 또박또박 어색한 내레이션이 흘러나왔다.

울고 싶었다. 성우가 이렇게 중요하구나. 다시 한 번 말하지만, 나는 분명 피디가 최선을 다해서 내레이션을 녹음했을 거라 믿는다. 하지만 프로와 아마추어의 차이는 극명했다. 괜히 돈을 주고 성우를 섭외하는 게 아니었다.

원고의 완성도가 백이라면, 맛깔난 성우 더빙을 입힌 방송은 백삼십으로 만들었고, 피디의 로봇 더빙은 원고의 질을 칠십으로 떨어뜨렸다. 나와 피디는 몸 둘 바를 몰라 했고, 영상을 튼 지 오 분 정도 지나자 부장은 욕을 내뱉기 시작했다.

"뭐라는 거야, 영상 멈춰 봐!"

내가 한 줄 한 줄 밤새워 공들여 쓴 내레이션을 지적했다. 단 한 문장도 그냥 넘어가지 않았다. 맞는 말도 있었고 억지스러운 부분도 있었다. 맞는 말은 내가 부족해서일 테고, 억지는 새로 온 메인작가에게 기선 제압을 하겠다는 의지로 느껴졌다.

나는 저절로 어깨가 움츠러들었고 창피해서 고개를 들 수가 없었다. 왼쪽에는 날 믿고 메인작가로 영입한 팀장이, 오른쪽에는 입사한 지 두 달 된 조연출이 앉아 있었다.

모두가 보는 앞에서 발가벗겨진 기분이었다. 원고 때문에 그렇게까지 지적을 받아 본 적이 없었다. 서브작가일 때는 메인 언니가 종종 수정해 줬지만 많아야 두세 줄이었다. 하지만 이건 거의 전면 수정에 가까웠다.

그는 폭군처럼 내달리기 시작했다. '너 같은 작가는 욕을 먹어야 정신을 차린다'는 듯 온갖 처음 듣는 쌍욕들이 마구잡이로 날아왔다. 나에게 직접 욕을 한 건 아닐 것이다. 그는 아마도 말끝마다 욕을 하는 습관이 있을지도 모른다. 그렇게 믿고 싶었다.

말로 맞았는데, 희한하게 실제로 몸이 아팠다. 감기 몸살에 걸린 것처럼 온몸이 욱신거렸다. 언제나 끝날까, 이 매질은.

영상을 이십 분도 채 보지 않고 시피는 '다 뜯어 고쳐!' 하는 마지막 말을 남긴 채 문을 쾅 닫고 나가 버렸다. 선배가 혼나는 모습을 강제로 목격한 막내작가와 조연출도 눈치를 보더니 슬그머니 밖으로 나갔다.

나는 온몸에서 열이 났고 목구멍까지 눈물이 차올랐다. 회의실 안에 있던 그 누구도 입을 떼지 못하고 다들 어찌할 바를 몰랐다. 일 분 일 초가 영원처럼 느껴지던 그 순간, 시피와 함께 왔던 부하 직원이 조심스레 침묵을 깼다.

"작가님, 제가 대신 사과드리겠습니다. 그렇게 나쁜 분은 아닌데 항상 말씀을 저렇게…."

꾹 삼켰던 눈물이 왈칵 쏟아졌다. '아니 당신이 왜 사과를 해요.'
침묵은 더욱더 깊어졌고, 약속한 듯 모두 회의실 밖으로 나갔다.
나는 그들이 원하는 대로 혼자 남겨진 채 마음 놓고 엉엉 울었다.
살면서 이런 치욕은 처음이었다. 아니 앞으로도 없을 것이다.

더빙을 빵꾸 낸 성우도, 국어책 읽듯 더빙을 한 피디도 미웠다.
욕쟁이 시피도 미웠고, 대신 사과하는 부하 직원도 미웠고, 옆에서
내 치욕을 관람했던 막내들도 미웠다. 누구보다 가장 미운 건 글
을 거지같이 쓴 나 자신이었다.

고개를 푹 숙인 채 회의실 밖을 나왔다. 나의 심정을 가장 잘 아
는, 같은 프로그램 메인작가가 나를 위로했다.

"시피가 욕 많이 하죠? 나도 초반에 시사 때마다 울었어요. 그 양
반 원래 유명하잖아요. 난 솔직히 월급날만 보고 살아요. 한 귀로
듣고 흘려야지, 안 그러면 못 버텨요."

나는 왜 그렇게 안 될까. 구성이나 글을 지적당하면, 그게 마치
나인 양 너무 아팠다. 게다가 내가 왜 쌍욕까지 들어야 하는지 이
해할 수 없었다.

이 사건이 있기 전까지 나는 나름 스스로 일을 곧잘 한다고 믿었

다. 나와 함께 일했던 선배들은 다음번에 나를 또 불렀고, 내가 괜찮은 작가임을 증명한다고 생각했다. 남들보다 일손이 빨랐고 결과물에 대한 평가도 괜찮았다.

십 년 동안 아무리 힘들어도 '나는 일을 제법 하는 작가다'라는 믿음으로 버텨 왔는데, 누군가의 발차기 한 방에 맥없이 허물어져 버렸다.

너덜너덜해진 마음을 겨우 추스르고, 다시 원고의 늪으로 기어 들어 갔다. 팀장은 전부 다 고칠 필요는 없다며, 꼭 고쳐야 하는 몇몇 부분을 알려 주었다.

나는 단어 하나하나 뜻이 어긋나지 않도록 사전을 찾아 가며 원고를 고쳤고, 그날 밤도 꼬박 새웠다. 팀장은 내가 새로 쓴 원고를 컨펌했고 나는 쓰러지듯 잠들었다.

며칠 후, 방송 시간에 맞춰 텔레비전을 틀었다. 그런데 겨우 추슬렀던 마음이 다시 와르르 무너지고 말았다. 기가 찼다. 팀장이 최종 컨펌까지 했던 나의 원고 상당 부분이 달라져 있었다.

피디가 손을 댄 것이다. 월권이었다. 꼭 고쳐야 하는 부분이 있었다면 나한테 한마디 상의라도 했어야 맞다. 나보다 경력이 적은 피디였다.

그는 그 프로그램을 오랫동안 했으므로 나보다 본인이 더 잘 안다고 생각했을까. 프로그램에서 늘 반복되는 멘트로 고쳐진 내레이선에서 작가인 나의 체취가 모두 사라졌다. 한 달 동안 나는 무얼 위해 애쓴 걸까. 몸이 다시 욱신거리면서 아팠다. 피디에게 전화를 걸었다.

피디는 자신의 잘못을 인정했다. 그 역시 시피에게 심한 압박을 받았고 시피의 취향에 맞게 고쳐야 한다고 생각했단다. 그도 잘해 보려고 한 일이란 걸 알지만, 이미 무너진 내 자존감은 회복 불가였다. 심폐 소생술도 너무 늦으면 소용이 없지 않은가.

나는 더 이상 버틸 재간이 없었고 팀장에게 퇴사 의지를 담은 장문의 메일을 보냈다. 팀장은 처음만 잘 넘기면 된다고, 월권한 피디를 혼내 주겠다며 날 달랬지만 두 번 다시 그 프로그램과 엮인 어떤 이들도 보고 싶지 않았다. 두 번째 방송을 털고 그곳을 탈출했다.

허탈했다. 더 이상 쥐어짤 눈물도 없었다. 나는 방 안에서 슬픔을 꼭 끌어안고 콩벌레처럼 웅크렸다. 그때 책꽂이에 꽂혀 있는 법정 스님의 《무소유》가 눈에 띄었다. 왜 하필 그 책이었을까. 모든 걸 내려 놓고 무소유로 돌아가라는 하늘의 뜻인가. 그러기엔 가진 것이 너무 없지 않은가.

종이가 누렇게 변한 책을 뽑아 펼쳤다. 평화롭고 고즈넉한 불국사의 풍경 묘사를 눈앞에 떠올리자, 문득 경주에 가고 싶었다. 부드러운 곡선으로 이어진 고분을 보면 마음이 좀 편안해지지 않을까.

옷가지를 대충 챙겨 고속터미널로 향했다. 버스 창밖으로 빗방울이 후드득 떨어졌다. 한여름 소나기였다. 나는 졸았다가 창밖을 봤다가 하면서, 어서 경주에 다다르길 기대했다.

남자친구가 떠올랐다. '쌍욕 사건'을 이미 들어서 내 상태를 알고 있는 남자친구가 많이 걱정하고 있을 것이었다. 하지만 피디와 다투고 그만둔 일까지는 아직 몰랐다. 그에게 말하기 부끄러웠다. 스마트폰 비행기 모드를 켰다.

경주에 도착해 버스에서 내리니 후끈한 공기가 피부를 에워쌌다. 배에서 꼬르륵 소리가 났다. 그러고 보니 하루를 꼬박 굶었다. 마땅히 식당을 찾을 수 없어 김밥 한 줄을 산 뒤 버스에서 예약해 두었던 게스트 하우스로 찾아갔다.

이모님은 날 모르겠지만 그 게스트 하우스를 찾은 건 두 번째다. 몇 년 전에도 힘든 일이 있었을 때 혼자 경주에 왔다. 그러고 보니 경주는 나에게 엄마 품 속 같은 곳이었다. 정겨운 사투리 억양의 이모님이 날 반겼다.

"아이고~ 서울서 왔나."

"네."

"평일인데 회사는 우짜고?"

"일 때려치우고 왔어요."

"어이구, 잘했다 마."

이모님은 더 이상 캐묻지 않고 따뜻한 캐모마일 차 한 잔을 내주셨다. 나는 나무젓가락을 야무지게 까서 김밥을 집어 우적우적 씹었다. 맛있었다. 스마트폰 비행기 모드를 풀었다. 아무래도 남자친구에게 생사는 알려야 할 것 같았다. 카톡을 보냈더니 바로 답이 왔다.

"나 경주에 왔어."

"경주 어디? 주소 알려줘, 지금 갈게."

남자친구는 반차를 쓰고 경주까지 한달음에 왔다. 나의 진면목을 몰라보는 시피도 피디도 병신이라며 함께 신나게 욕을 했다. 말할 수 없이 고마웠다. 일 년 후 우리는 부부가 됐다.

나는 멍이 잘 드는 몸을 가졌다. 샤워를 하다가 다리 이곳저곳에서 얼룩진 멍을 발견하고, '이건 또 어디서 부딪친 거야' 하고 놀라곤 한다.

나는 방송 일 하는 사람치고 마음이 너무 물렀다. 한 귀로 듣고 흘리는 일이 잘 되지 않았고 매번 쓰라렸다. 어떻게 그 약한 몸과 마음으로 십 년 넘게 방송작가 일을 해 왔는지 지금도 이해하기 힘들다. 아마도 나를 방치했기 때문이리라.

'쌍욕 사건' 이후로 나는 마음을 고쳐먹었다. 더 이상 일 때문에 나를 파괴하지 않겠다고 다짐했다. 똑같은 패턴으로 방송 언어에 내 글을 짜 맞추는 것도 지긋지긋했고, 잠을 못 자서 피부가 뒤집어지는 일도 고통스러웠다.

방송작가라는 직업만큼, 아니 그 이상으로 나는 소중하다. 이제는 아무리 바빠도 나를 지키고 보살피기로 결심했다.

우아한 방송의
태도에 대하여

방송 일이라면 치가 떨렸다. 몸은 집에 있어도 머릿속은 365일 일 걱정으로 가득한 게 방송작가의 삶이었다. 쫓기듯 사는 나의 인생이 불쌍하게만 느껴졌다. 이 상태로 일이 년 더 버틴다고 무슨 의미가 있을까.

'앞으로 십 년 후에도 내가 이 일을 하고 있을까' 하고 떠올려 봤을 때 잘 그려지지 않았다. 그래, 전환점이 필요했다. 이제 삼십 대 초반, 새로운 판으로 뛰어들어도 '아직 늦지 않다'라는 생각은 섣부른 판단이었다.

또 다른 직업의 세계를 둘러보니 한숨만 나왔다. 다시 교육을 받거나 신입으로 시작해야 하는데, 이십 대 경력자들이 차고 넘치는 시장에서 서른 넘은 신입을 굳이 쓸 이유가 없지 않은가.

무엇보다 나는 글 쓰는 일을 하고 싶었다. 결국, 가장 손쉬운 방법은 십여 년의 경력을 인정받을 수 있는 '미디어' 쪽이었다. 우습게도 또다시 구성작가협의회에서 일자리를 뒤지고 있는 나를 발견했다.

유심히 살펴보니 꼭 텔레비전이 아니어도 방송 글을 쓰는 분야가 많았다. 내가 텔레비전에 파묻혀 사는 동안 방송의 스펙트럼이 훨씬 넓어져 있었던 것이다. 심지어 성형외과에서도 유튜브 채널 작가를 구하는 시대였다.

한 콘텐츠 전문 회사의 구인 글이 눈에 들어왔다. 텔레비전 프로그램은 아니지만, 그곳 역시 외주제작사처럼 다양한 '영상 콘텐츠' 제작을 수주받아서 굴리고 있었다. 그곳에서 한 기업의 사내 방송을 담당할 정규직 작가를 구한다는 내용이었다.

나는 혹시나 하는 마음에 이력서를 냈고 최종 면접까지 통과했다. 하지만 막상 입사를 하려니 망설여졌다. 월급이 무려 반 가까이 깎이니 그럴 수밖에!

메인작가를 할 때 월 사백만 원 정도를 벌었다. 하지만 새로 들어갈 회사는 월급이 이백만 원 초반 대라고 했다. 그것도 경력직이라 많이 쳐 준 거라고.

이전에 받았던 급여와 격차가 심하니, 당연히 고민이 될 수밖에 없었다. 십 년 동안 그야말로 개고생을 해서 간신히 몸값을 올려 놨는데, 스스로 가치를 깎는 일이라니. 주변 작가들의 반응도 은근히 신경 쓰였다.

'야, 네가 뭐가 부족해서 그 경력에 그 돈 받고 일을 해.'

하지만 쉽사리 포기할 수 없었다. 돈보다 귀한 시간이 생기지 않는가! 꿈에 그리던 주 오 일 근무에 빨간 날은 무조건 쉰단다. 남들에겐 당연할지 몰라도 방송작가에겐 굉장히 생소한 근무 여건이다. 명절이고 주말이고 구분 없이 일감에 치어 살던 서러운 세월이 필름처럼 스쳤다.

게다가 오후 여섯 시면 무려 정시퇴근이란다. 이 얼마나 호사스러운 일인가. 말로만 듣던 직장인의 4대 보험, 연차 휴가, 경조사 지원에 퇴직금까지! 상상 속에서만 떠올려 봤던 아름다운 단어가 춤을 췄다. 나는 눈을 질끈 감고 결단했다.

'그래, 나도 워라밸인지 그거 한번 해 보자!'

회사 사람들의 첫 인상도 남달랐다. 방송을 만드는 사람답지 않게 부드럽고 친절했다. 내가 지금껏 만나 왔던 방송쟁이들의 인상은 크게 두 부류였다. 쩔었거나, 독기에 불타거나. 물론 나 포함해서다.

낯선 분위기가 어색해 고슴도치처럼 가시를 곤두세운 나에게 나이가 좀 들어 보이는 한 직원이 다가왔다. 푸근한 인상의 그녀가 미소를 지으며 도톰한 손을 내밀었다.

"반가워요. 나도 콘텐츠팀이에요. 우리 잘해 봐요."
"네? 아, 예. 잘 부탁드려요."

온기가 느껴지는 손, 그리고 따뜻한 음성. 역시 낯설다.

'음. 내가 지금 꿈을 꾸고 있나.'

'회사다운' 회사에 처음 출근한 나는 온통 어리둥절한 것 투성이였다. 제작사에서는 많아야 열댓 명과 함께 일했었다. 칠십여 명 가까운 직원 앞에서 인사와 자기소개를 했다. 대표는 '웰컴 기프트'라며 다이어리 등 소소한 사무용품들을 챙겨 줬다.

나는 비로소 어딘가에 소속되었다는 사실이 실감나면서 안심이

되었다. 이제 막 첫 직장에 들어간 사회초년생처럼 설렘이 몽글몽
글 피어올랐다.

설렘이 분노로 바뀌는 데는 그리 오랜 시간이 필요하지 않았다.
갑은 어디에나 있기 마련! 갑의 계속되는 희한한 요구에 속이 문
드러질 지경이었다. 아이러니하게도 널널한 스케줄이 문제였다.

예를 들어 텔레비전 방송은 '매주 금요일 아침 열 시' 식으로 편
성 시간이 확정돼 있으니, 죽으나 사나 무조건 마감을 맞춰야 한
다. 하지만 사내 방송은 달랐다. 그 기업은 우리 회사에게만 일을
준 게 아니라 콘텐츠 제작사 몇 곳을 걸쳐 두고 일을 시켰다.

우리 팀이 기획한 방송이 미적지근하면 다른 회사에서 만든 방송
을 틀면 되는 입장이었다. 그러니 '돈 많이 벌고 싶으면 우리 마음에
쏙 드는 방송을 만들어 오렴' 하고 갑질이 가능한 시스템이었다.

회사 입장에서는 방송을 얼마나 많이 만들어 냈느냐에 상관없
이 직원들에게 꼬박꼬박 월급을 줘야 하니, 매달 납품하는 방송 수
가 줄어들면 손해를 본다. 그러니 방송을 몇 편 통과시키지 못한
달에는 회사에서 눈치를 주지 않아도 괜스레 죄인이 된 듯한 기분
이었다. 파리 날리는 식당에 서 있는 서빙 알바가 된 느낌이랄까.

더욱 답답했던 건, 기업에서 컨펌을 해 주지 않는 이유가 정말
황당했다는 거다. 예를 들어, 현장 진행을 이끄는 여성 리포터가
호감 가는 스타일이 아니라는 이유로 여섯 번 넘게 재섭외를 요청

했다. '어리고 예쁘고 말 잘하는' 리포터로 구해 달라고 했다.

이러한 망측한 요구는 시대상과 맞지도 않을뿐더러 모순이 숨어 있다. 보통 말 잘하는 리포터들은 연륜이 있다. 오랜 세월 다방면의 경험에서 우러나오는 진행력이 있단 뜻이다.

젊고 예쁜 신입 리포터는 종종 있더라도 그들이 진행까지 청산유수로 잘하길 바라는 건, 뉴욕 한복판에서 자연인을 찾는 것과 같다. 게다가 쥐꼬리만 한 출연료를 주면서 말이다.

나는 어렵게 섭외한 여섯 번째 리포터가 또 마음에 들지 않는다는 갑의 전화를 공손히 끊으며, 두 얼굴의 야누스처럼 전화기를 냅다 집어던졌다.

"아, 너무 늙어 보인다고요? 나이가 그렇게 많은 건 아닌데. 아, 네네. 다시 구해 보겠습니다. 네에! 아오 이 미친것들!"

내 옆에서 노심초사 통화를 엿듣고 있던 팀장은, 이제 막 들어온 작가가 한 달도 되지 않아 사직서를 던지는 건 아닌지 걱정스러운 표정으로 나를 달랬다.

"왜… 또 리포터 다시 찾으래? 개들 진짜 너무하네! 걱정 마, 나도 열심히 찾아볼게!"

그는 열심히 있는 인맥, 없는 인맥을 동원하여 그럭저럭 갑의 구미에 맞는 리포터를 찾아 대령했다. 다시 말하지만, 이 회사는 사람들이 너무 좋다.

예상은 어느 정도 했지만, 텔레비전 방송과 사내 방송 제작 과정은 유재석과 강호동의 차이만큼 달랐다. 텔레비전 프로그램은 규모가 큰 만큼 제작진 수가 많다. 작가의 기본 구성만 해도 메인-서브-취재에, 피디도 연출-조연출, 그 외에도 카메라 감독, 종편 감독, 음악 감독, 성우 등 수많은 사람의 협업으로 이루어진다.

반면, 사내 방송은 오로지 작가, 피디 둘이서 한 프로그램을 만들었다. 작가는 혼자 기획, 자료 조사, 원고와 자막까지 모두 담당하며 피디는 가끔 카메라 감독을 대동할 때도 있지만 보통은 혼자서 촬영과 편집, 종편을 마무리했다.

방송이 통과되기까지의 과정도 달랐다. 텔레비전 프로그램은 아이템을 결정한 다음 만들어 가는 과정에서 온 정성을 들이붓고 시사 후 수정에 수정을 거쳐 시청자를 만나는 반면, 사내 방송은 아이템은 까다롭게 결정하지만 정작 퀄리티를 크게 신경 쓰지 않는 듯했다.

아마도 시청 대상이 전 국민이 아닌 회사 내 직원들이니, 회사에서 원하는 취지대로 내용이 나왔느냐가 더 중요할 테다. 사내 방송의 취지를 거칠게 요약하자면 이랬다.

'우리 회사가 이렇게 잘나가고 있으니 자랑스러워하세요.' 혹은 '우리 회사가 이렇게 어려우니 정신들 차리고 공부하세요.'

'엥? 이 퀄리티로 방송을 내보낸다고?'

놀랄 정도로 부족한 방송을 괜찮다고 할 때가 많았다. 아이템 컨펌 전에는 세상 까다로운 잣대를 들이대던 사람들이, 정작 완성물에는 한없이 너그러우니 얼떨떨했다.

더 적응이 안 되는 점은 일부 피디들의 태도였다. 내 눈엔 영상 속에 고쳐야 할 부분들이 수두룩한데, 아직 편집 상태가 한없이 부족한데, 자막이 너무 엉성한데, 피디 스스로도 모르지 않을 텐데, "에이~ 갑이 괜찮다는데 우리끼리 왜 이래, 그냥 좀 넘어가자" 하는 것이었다.

물론 텔레비전을 통해 전국으로 내보내는 방송은 아니었다. 스크롤 자막에 제작진 이름 하나 안 들어간다. 하지만 이건 아니지 않나. 야생과도 같던 방송계에서 치열하게 살다가 이제 갓 빠져나왔던 나는, 천하태평 안일한 그들을 도무지 이해할 수 없었다. 하지만 사람은 역시 적응의 동물이다.

워라밸은 해법이
될 수 없다는 깨달음

오늘도 남들보다 느지막하게 출근한 루팡 씨. 컴퓨터 모니터에는 여느 때처럼 업무용 창과 심심풀이용 유튜브 창을 동시에 띄워 놓고 여유롭게 일을 시작한다.

멀티 테스터의 정석답게, 때론 패키지 여행 예약 화면까지 삼중 창을 바쁘게 오가는 손놀림. 다른 직원들보다 일 처리 속도가 세 배 이상 느린 이유 아니겠는가.

앗? 돌연 그가 사라졌다! 걱정할 것 없다. 휴게실에 가면 언제나 안마 의자와 한 몸이 돼 있는 그를 발견할 수 있으니. 대표가 직원들 휴식을 위해 마련한 안마 의자이지만, 다른 직원들은 거의 앉아 본 적이 없다. 늘 루팡이 그 자리에 있었기에, 그리고 루팡이 안 한 일까지 처리해야 했기에.

안마 의자를 향한 '빈익빈 부익부' 현상은 업무 분배에서도 나타 난다. 일을 못하는 사람에게 일을 맡기면 시간이 너무 오래 걸린 다는 이유로 일이 안 간다. 일을 빠릿빠릿하게 잘하는 사람에겐 '옳다구나' 하고 일이 계속해서 쌓인다.

시계를 보니 어느덧 퇴근 시간. 루팡은 어제 미뤄 둔 오늘 일을 내일로 다시 미루고, 회사의 인스턴트 커피를 챙기며 소확'횡'을 즐 긴다. 루팡은 오늘도 보람찬 하루를 보냈다. 이렇게 회사를 다니 기만 해도 통장에는 매달 귀여운 월급이 쌓이다니!

대표는 루팡의 존재를 모르는 걸까, 아는 데도 모른 척하는 걸 까. 직원들의 불만은 바람 부는 늦가을 낙엽처럼 쌓여만 간다.

열심히 성과를 내나, 놀고먹는 루팡이나, 월급을 받는 건 똑같기 때문이다. 복수라도 해야겠다. 내가 갖고 있는 능력치를 최대한 발휘하지 않으리!

그렇게 나도 월급 루팡이 되고 말았다. 콘텐츠 회사를 들어간 지 일 년이 지났을 즈음이었다. 성의 없이 방송을 만드는 이들에게 느끼던 갑갑함은 어느새 체념으로, 체념은 '우리는 하나'라는 동질

감으로 바뀌었다.

회사는 원래 그런 곳일까. 문제 삼지 않으면 문제 되지 않는 곳. 일을 얼마나 많이 했느냐 보다는 얼마나 일을 많이 한 '척'하느냐가 더 중요한 곳.

나는 점점 더 나인 투 식스(9시 출근 6시 퇴근)의 치명적인 매력에 빠져들었다. 적당히 오늘 할 일을 처리하고 시간을 채우면 퇴근이었고, 그렇게 삼십 일이 지나면 월급이 꽂혔다.

정규직이니 프리랜서 작가를 하던 때처럼 고용 불안에 시달리지도 않았다. 퇴근을 해도 저녁 시간이 남으니 좋아하는 운동을 즐겼다. 완벽한 워라밸이었다.

업무를 문제없이 곧 잘해낸 나는, 기업 사내 방송에 이어 공공기관의 일도 담당하게 됐다. 바야흐로 유튜브 시대! 정부를 비롯한 지자체와 각종 공공기관이 유튜브 채널을 구축하고 콘텐츠를 만드느라 여념이 없었다. 이번 정부의 모토인 '소통'과도 어울리는 행보였다.

유튜브나 에스엔에스(SNS)를 통한 방송은 레거시 미디어(텔레비전, 라디오, 신문 등의 전통 미디어)와 다르게 양방향 플랫폼이다. 시청자는 실시간 댓글로 방송에 참여하고 관여할 수 있다.

우리 회사는 제법 시대 흐름을 빨리 파악하고 어느 정도 자리를 잡고 있었다. 내가 들어오기 몇 년 전부터 이미 제안서 노하우나 시스템을 갖추고 있었고, 꽤 많은 지자체 방송 콘텐츠를 제작할 뿐만 아니라 채널 구축까지 맡고 있었다.

나는 숟가락만 얹으면 됐다. 방송 생활을 하면서 몸에 베인 게 '어떻게 하면 시청자들이 영상을 보게 할까' 고민하는 일이었으니 자신 있었다. 더구나 유튜브나 에스엔에스 콘텐츠는 길이가 짧았다. 정말 길면 십오 분, 보통은 삼사 분 컷이었다.

'섬네일'의 뜻을 몰라 남몰래 검색했던 나는, 어느새 짧은 스낵 영상에 완벽히 적응했다. 짧은 게 더 어렵지 않느냐는 사람도 있는데, 그건 대박을 쳐야 한다는 전제가 있을 때 그렇다. 보통은 충분한 내용이 확보되어야 하고 촘촘한 구성이 필요한 긴 분량의 방송이 만들기 더 어렵다.

공공기관에서는 공익이 목적이지 대박 치자고 방송을 만들진 않는다. 물론 그들도 대박을 치고자 하는 야망은 있겠지만, 야망 실현보다는 현상 유지가 공공기관의 존재 이유일 것이다.

공공기관에서 영상 콘텐츠를 담당하는 공무원들은 윗사람들의 눈치를 지나치게 봤다. 공공기관은 아무래도 보수적이다. 시청률 (조회 수)을 높이고자 자극적으로 나갔다가는 근엄하신 분들께 밉보일 수 있단 말이다.

너무나 조심스럽고, 또 조심스러웠다. '이게 왜 안 돼?' 할 정도로 작은 시도조차 몸을 사리니, 작가의 창의력이 뻗어 나가기 힘들었다. 재미있고 발랄한 콘텐츠가 차고 넘치는 세상에, 누가 하품이 절로 나오는 딱딱한 공공기관 콘텐츠를 보겠는가.

분량은 짧고, 제작비는 극히 적고, '이거 하지 마라 저거 하지 마라' 하는 제한이 더해지면 나올 수 있는 모양새는 정해져 있었다. 그 모양새를 만드는 일은 식은 죽 먹기였다. 내가 잘나서가 아니라, 방송 일을 좀 한 사람이라면 누구라도 그럴 것이다.

나는 공무원들이 그려 놓은 좁은 원 안에서 적당히 워라밸을 즐기며 공장에서 찍어 내듯 콘텐츠를 만들었다. 어차피 '더 노력해 보자' 하는 사람도 없었다. 그 내용이 그 내용이고, 그 형식이 그 형식이었다.

나는 스스로 최선을 다하고 있지 않음을 알고 있었다. 그래서 몸은 편했지만 마음은 불편했다. 불편한 마음은 남을 탓하는 방식으로 해소했다.

스스로도 최선을 다하지 않으면서, 그렇지 못한 피디들을 탓했다. 직원들은 온통 딴 생각으로 가득한데 엉뚱한 조치만 하는 대표를 탓했다.

상황이 참 우스웠다. 나 자신조차 돌볼 시간이 없었던 쳇바퀴 같은 삶에서 벗어나, 드디어 그렇게 바라던 일과 삶의 균형을 이루었다. 하지만 만족은커녕 다시 불만으로 가득 차 버렸다.

일과 삶을 분리하는 건 고단한 생활을 덜 괴롭게 하는 하나의 대안이 될지는 몰라도 해법은 아니었다. 나는 살짝 담갔다가 건지는 샤브샤브가 아닌, 푹 우려낸 곰탕 같은 인생을 살고 싶었다.

힘들지 않은 일 없고,
힘들게 살지 않는 사람 없다

"대도서관? 그게 사람 이름이라고?"

1인 방송의 중심이었던 아프리카TV에서 유튜브로 비제이(BJ)들이 대거 넘어가면서 벤쯔니, 대도서관이니 유튜브 인플루언서들이 활약하기 시작했다.

뉴미디어를 다루는 회사에 몸담고 있다 보니, 시대 흐름을 잘 알아야 했다. 결국 내가 만드는 콘텐츠는 이들을 활용하거나 모방하는 것이었다.

지자체의 정책을 쉽고 재미있게 풀어 영상으로 만드는 일이 우리 회사 콘텐츠 작가의 주된 업무였다. 나는 구성안을 써야 하거나 촬영장을 가야 하는 날을 빼고는, 대부분 사무실에 상주하며 유명 유튜버들의 방송을 모니터링하는 데 시간을 쏟았다. 텔레비전 전파는 다른 인터넷 방송의 매력, 시청층의 변화를 깨달아갔다.

시청자들은 때를 기다려야 볼 수 있는 텔레비전 프로그램보다 언제든지 원하는 시간에 손 안에서 접속이 가능한 모바일 영상 시청에 더 익숙해졌다.

영상은 점점 더 짧아졌다. '시청자의 집중력은 삼 분을 넘지 않는다, 초반 십 초에 마음을 사로잡아야 한다'는 말이 정설이 됐다.

얼마 후 십 초는 칠 초로 줄어들었다. 그만큼 시청자의 참을성은 점점 사라졌다. 단, 먹방은 예외였다. 무슨 이유에선지 남이 먹는 걸 넋 놓고 보는 일에는 끈기가 있었다.

영상보다 소리가 중심이 되는 ASMR이라는 신기한 장르도 인기를 끌었다. 지금에야 익숙하다 못해 한물간 느낌도 들지만, 한때는 AMSR로 오기하는 일이 흔할 정도로 생소한 콘텐츠였다.

유튜브는 그야말로 콘텐츠의 바다였다. 나는 콘텐츠 작가로 일하며 먹방, ASMR, 몰래 카메라, 짤막 인터뷰, 라이브 퀴즈쇼, 미스터리, 실험 등 유튜브 콘텐츠의 다양한 포맷을 공공기관 정책에 접목시켰다.

가령, 달라진 음주 운전 기준을 시민에게 소개하는 공익 영상을 만든다고 치자. 라이브 퀴즈쇼를 접목하면 이런 식이다.

"자, 올해부터 음주 운전 단속 기준이 높아진 거 다들 아시죠? 이제는 딱 한 잔도 정말 안 됩니다 여러분, 과연 새롭게 바뀐 면허 취소 기준은 얼마일까요? 지금 댓글이 마구마구 올라오고 있네요~ '1.5' 누굽니까? 시력 말고, 혈중 알코올 농도를 고르는 겁니다! 푸짐한 상품은 덤! 뿌링클 치킨 가져갈 오늘 주인공은 과연 누구일지, 자 정답은?"

출연료 규모에 따라 무명 유튜버부터 연예인까지도 섭외가 가능하겠지만, 보통은 제작비가 소박했다. 아무리 좋은 아이디어가 있어도 유명인을 섭외하기는 힘들었다.

얼굴이 알려진 유튜버는 몸값이 수천만 원대로 연예인보다 더 뛰어 버렸다. 한두 시간 촬영에 몇 백에서 몇 천까지 부르는 그들이 야속하면서도 한편으로는 눈물 나게 부러웠다.

유명 유튜버나 연예인을 섭외하려는 이유는 명확했다. 조회 수를 조금이라도 높여야 했기 때문이다. 공공기관에서도 분기별 평가가 있는 듯했다.

상품이 걸린 라이브 퀴즈쇼는 연예인이 안 나와도 봐 주는 시청자가 조금 있었지만, 대부분의 공공기관 유튜브 콘텐츠 조회 수는 '100' 언저리였고 '1,000'을 넘기가 힘들었다. 시청률은 백분율이라 '눈 가리고 아웅'이 통했지만 조회수는 몸서리치게 적나라했다.

텔레비전 프로그램에서 시청률 일 퍼센트가 나오는 것보다, 유튜브에서 영상 조회 수 100이 나오는 게 훨씬 더 굴욕적이었다.

나는 도대체 누구 보라고 영상을 만드는 걸까. 보는 사람이 없는 방송을 만드는 일이 과연 무슨 의미가 있을까. 일의 본질에 물음이 생긴 것이다.

콘텐츠를 만드는 사람보다 자신만의 콘텐츠를 갖고 있는 자가 각광받는 시대가 됐다. 지금까지는 '만들어야만 하는' 방송을 위해 글을 썼다면, 이제는 내가 '만들고 싶은' 방송 글을 쓰고 싶다는 생각에 이르렀다.

'유튜버? 까짓 거 나도 해 보지, 뭐. 방송 짬밥이 있는데, 못할 게 뭐 있겠어.' 나는 촬영 앵글이나 무빙도 웬만큼 알았고 자막도 쓸 줄 알았다. 편집은 어깨 너머로 본 게 있으니 조금만 공부하면 금방 배울 수 있을 거라 자신했다.

우선 유튜브 계정부터 뚫었다. 요즘은 스마트폰 화질이 워낙 좋으니 동영상 촬영이 충분히 가능하다. 처음부터 굳이 비싼 장비를 갖출 필요가 없다는 뜻이다.

아이템은 몇 가지를 고민하다가, 집에 꽤 많은 반려식물을 키우고 있었기에 '식물 유튜버'에 도전해 보기로 했다. 다양한 식물을 영상으로 예쁘게 담고, 종류나 특징에 따라 키우는 노하우를 알려 주는 거다.

쇠뿔도 단김에 빼라고 했다. 마침 구성안을 넘기고 한가한 시간이었다. 회사 안에도 식물 화분이 몇 종 있었으므로 연습 삼아 찍어보기로 했다. 옆에 앉아서 유튜브 영상을 모니터하던 후배 작가에게 도움을 청했다.

"희선아, 지금 바빠? 나 이 폰으로 영상 좀 찍어 줄 수 있어?"
"갑자기요?"

나는 화장실에 가서 물 조리개에 물을 가득 채워 왔다. 사무실 창문 옆에 놓인 화분 앞으로 다가갔다.

"준비됐어? 한다? 자, 오늘 소개할 친구는 떡갈고무나문데요. 물 주기는 일주일에 한 번 정도, 이렇게 화분 밑으로 물이 충분히 빠져나올 정도로 주시면 되고요."

소름끼치는 내 말투에 내가 질려 몇 번이나 엔지(NG)를 냈다. 와

중에 누가 방송작가 아니랄까 봐 깨알 질문을 던지는 희선.

"왜 화분에 바로 물을 안 주고 돌 위에다가 물을 주나요? 특별한 이유라도 있나요?"

갑작스러운 질문에 말문이 막혔다. 사실 별 이유가 없었다.

"음. 돌도 목이 마르지 않을까요?"
"…네?"

카메라 감독에 빙의되어 있던 그녀는 어이없어하며, 화분 위 돌멩이에 줌인을 했다. 우리는 스마트폰에 녹화된 화면을 돌려봤다.

"너 방송작가 맞냐? 앵글이 이게 뭐야, 화면은 죄다 삐딱하고."
"언니, 언니가 좀 해 보실래요? 이게 쉬운 게 아니라고요."

몇 번의 재촬영 끝에 겨우 쓸 만한 그림을 모아 편집 모드. 한 땀 한 땀 멘트를 잘라 내는 일부터, 흔들리는 컷을 빼고 오케이 컷만 고르는 데도 반나절이 필요했다. 자막을 얹히고 배경음악을 깔고 조물조물 드디어 완성.

이틀이 걸려 나온 나의 첫 영상은 허무하게도 삼 분 십오 초 분량이었다. 게다가 그야말로 노잼. 몇 번을 시도하다가 나는 확실히 마음을 접었다, 유튜버가 되겠다는 개꿈을!

역시 남의 떡은 커 보이고, 남의 문제는 쉬워 보인다. 몇 시간 찍지도 않고 큰돈을 만지는 유튜버들을 날로 먹는다고 생각했었다. 간단한 영상 하나를 붙들고 며칠씩 씨름하는 피디들이 한심해 보였었다.

직접 시도해 보니, 어느 하나 쉬운 일이 없었다. 바보같이 나만 힘들게 사는 줄 알았다. 한 분 한 분 찾아가서, 그동안 오해해서 미안했다고 사과라도 하고 싶은 심정이었다.

생각해 보니, 글 쓰는 일만큼 간단한 게 또 있을까. 컴퓨터와 손가락만 준비하면 된다. 말 잘하는 출연자도, 무거운 카메라 장비도, 조명도 필요 없다. 발가락에 동상 걸릴 일도, 뙤약볕 밑에서 비지땀을 흘릴 일도 없다.

시원한 실내에서 가만히 앉아 손가락만 놀리면 되는 게 글 쓰는 일이니 말이다. 나의 일이 그렇게 사랑스러울 수가 없었다. 다행이다. 나는 방송작가이기 전에 글쟁이이니.

지금도 누군가는
밤을 새우고 있다

그토록 꿈꾸던 워라밸과 안정적인 급여가 보장되는 정규직 작
가로 일한 지 이 년이 넘어갈 때쯤, 나는 퇴사했다. 보여주기식으
로 일하는 내가 한심하고 퇴보하고 있다는 느낌이 들었다. 멀리
내다보면 출산 휴가니 육아 휴가니 다양한 혜택이 있었지만, 나에
겐 생동감 넘치는 오늘 하루가 더 소중했다.

웹 콘텐츠 작가로 일한 이 년 동안 얻은 게 없진 않았다. 텔레비
전 방송작가를 할 때와는 달리, 규칙적으로 출퇴근하면서 건강이
좋아졌다. 나를 그토록 괴롭히던 피부질환, 편두통, 위염이 아예

사라지진 않아도 많이 호전됐다. 여유 시간에 꾸준히 운동을 하고 잠을 푹 잔 덕분일 것이다.

당장 눈앞에 닥친 일만 처리하며 살 때와는 다르게, 좀 더 멀리 바라보는 여유를 갖게 됐다. 미디어의 변화와 트렌드에 눈을 떴고 변화를 놓치지 않고 적응하는 일이 중요하다는 걸 깨달았다.

퇴사 후 나는 다시 프리랜서 신분의 작가로 돌아왔다. 운 좋게 퇴사 시점에 맞춰 친구의 소개로 재택근무만으로도 일이 가능한 사내 방송 업무를 맡게 됐다.

따로 회사에 나갈 필요 없이 이 주에 한 편, 기획 의도에 맞게 원고와 자막만 써서 메일로 보내 주면 되는 일이었다. 그야말로 용돈 벌이 수준이지만, 돈보다는 '작가'라는 정체성을 이어 갈 수 있어 다행이란 생각이 들었다.

한동안은 집에서 사내 방송 일을 근근이 하며 '나만의 콘텐츠'를 발굴하려고 고심했다. 이 책의 주 내용인 나의 방송작가 에피소드를 쓰기 시작한 것도 그때쯤이다.

그러던 어느 토요일 밤, 남편과 함께 여느 때처럼 〈그것이 알고 싶다〉를 보던 중 깜짝 놀랐다. 연쇄 살인마를 다룬 편이었는데, 방송 말미에 '못다 한 이야기가 유튜브 라이브에서 이어집니다'라는 흘림 자막이 뜬 것이다.

방송이 끝난 후 〈그것이 알고 싶다〉 유튜브 채널에 접속하니 엠시(MC)와 담당 피디들이 나와 이차 방송을 시작했다. 방송에서 미처 다루지 못했던 뒷이야기를 토크로 풀었고, 실시간으로 올라오는 시청자의 궁금증 댓글을 뽑아 답변해 줬다.

지상파 대표 격 시사프로그램인 '그알'과 유튜브의 콜라보라니! 생각지도 못한 신선한 조합이었다.

반가움도 잠시, 유튜브 라이브를 집중해서 보던 내 마음은 엉뚱한 쪽으로 흘렀다. 인터뷰를 진행하는 피디가 너무 안쓰러워 보였던 것이다. 몇 주 동안 살인마를 쫓아다니며 취재하랴, 시시각각 바뀌는 상황에 따라 편집하랴, 보나마나 방송을 앞두고 며칠 밤은 새웠을 터.

쓰러져 자고 있어야 할 시간에 번외편인 유튜브 라이브 방송을 하느라 깨어 있는 건 아닌지 걱정됐다. 초점을 잃은 눈빛과 다크써클로 뒤덮인 그의 얼굴을 봤을 때 나의 걱정이 오지랖만은 아닌 듯했다.

"잠 좀 재워라~ 제발 피디 퇴근 좀 시켜라, 지독한 방송쟁이들아!"

나는 누구에게 하는 말인지도 모를 혼잣말을 중얼거렸다. 남편은 또 오버한다며 내 머리를 콩 쥐어박았다. 방송쟁이가 아니면 누구도 이해하지 못할 것이다. 방송 한 편이 텔레비전 밖으로 나오려면 수많은 사람이 내장을 쥐어짜는 고통을 겪는다는 사실을.

나는 치킨을 뜯으며 편히 방송을 볼 때마다 표현하기 힘든 종류의 죄책감을 느꼈다. 내가 한 배를 타고 가다가 홀로 탈출한 선원처럼 느껴졌고, 어떤 날에는 배에서 쫓겨난 기분이 들어 울적했다. 아마도 한동안은 그러지 않을까 싶다.

지금 이 시간에도 잠을 못 자서 충혈된 눈으로, 누군가에게 쌍욕을 들어가며, 커피를 수혈하고, 줄담배를 태우며 맡은 일을 줄기차게 해 나가고 있을 '방송쟁이들'.

아직도 그들을 생각하면 가슴 한편이 뜨거워진다. 징그럽게 자랑스럽다. 한편으론 안쓰러운 마음을 거둘 수 없다.

분명 오늘 하루도 방송만 생각하느라 자신을 돌보지 못했을 테니. 그건 어쩌면 사명감 아닐까. 내가 나를 지키려고 내던졌던 그 사명감을 그들은 끝끝내 껴안고 있을 터. 그들을 존경하고 응원한다.

변하지 않는 것과 변해야 하는 것

찬바람이 매섭게 불고 눈이 내리던 지난 2월의 어느 날, 한 지역의 민영 방송에서 일하던 피디가 스스로 목숨을 끊었다. 일이 바빠 회사에서 먹고 자고 했던 그의 별명은, '라꾸라꾸(침대)'였다고 한다.

주당 사십만 원을 받던 그는, 처우 개선을 요구하자 모든 프로그램에서 하차당했다. 십사 년 동안 일했지만 프리랜서라는 이유로 계약서 한 장 없었다. '억울해 미치겠다'는 유서를 남긴 채 그는, 그렇게 세상을 등졌다.

그는 내 또래였고 비슷한 처지였다. 안 봐도 어떤 생활을 해 왔을지 훤했다. 다만 급여 수준을 봤을 때, 서울보다 훨씬 더 심각한 처지였을 거라 짐작해 본다.

방송작가로 일하는 동안, 잊을 만하면 한 번씩 가슴 아픈 소식이 들려왔다. 촬영용 아날로그 테이프가 디지털 파일로 바뀔 만큼 세월이 흘러도, 프리랜서 신분인 방송작가와 피디의 삶은 크게 달라지지 않은 것 같다.

책을 쓰며 지나온 길을 돌아보았다. 오랜 시간 박봉을 받으며 했던 고생들을 떠올리니 눈물이 찔끔 나올 것 같았다. 지금 다시 시작하라고 하면 아마 못할 것이다. 어떻게 그 시간들을 용케 버텨냈는지 과거의 나를 찾아가 진지하게 묻고 싶지만, 끔찍한 기억이 전부였다면 애당초 그만두었을 것이다.

이게 과연 가능할까 했던 일을 마침내 해냈을 때의 성취감, 누군가에게 도움이 될 만한 일을 하고 있다는 보람, 빵빵 터질 정도로 재미있었던 동료들과의 추억과 끈끈했던 우정, 마냥 웃지만은 못할 찌질한 순간들까지 저마다 의미를 품고 있었다.

세상을 떠난 피디 역시 고단한 삶 속에서 십사 년 동안 버텨 왔던 건, 그 안에서 어떤 의미를 찾았고 또 앞으로도 그러고 싶었기 때문이 아닐까.

내가 최선을 다했던 일이, 내 몸을 돌보지 못할 만큼 사랑했던 일이, 남 좋은 일로만 끝나지 않았으면 좋겠다. 정당한 대가를 받고 다시 기운을 차릴 수 있도록 든든한 토대가 갖춰지면 좋겠다. 그게 방송계든 어디든. 모든 직장인의 삶의 터전, 일터라면 말이다.

깊이를 모르는 물속에 첫발을 내딛는 것처럼, 나의 시작은 늘 불확실했고 그래서 불안했다. 막상 내려놓고 보니 발이 땅에 닿지 않는 날도 있었다. 그럴 때면 당황스럽고 두려웠다. 나는 수영을 할 줄 몰랐기 때문이다.

어떻게든 살려고 기를 쓰고 허우적거리다 보니, 어느 순간 나도 모르게 헤엄을 치고 있었다. 멀어 보이지만 가야 할 길이 어렴풋하게나마 보이는 듯했다.

나는 아직도 헤매는 중이다. 이제는 헤엄을 좀 칠 줄 아니, 보다 능숙하게 나아가지 않을까 하는 기대를 품어 본다.

방송가는 상암동으로 옮겨 갔지만, 서강대교는 여전히 건재하다. 다행이다.

고(故) 이재학 피디의 명복을 빕니다.

김선영

14년 차 방송작가의 좌충우돌 생존기

오늘 서강대교가 무너지면 좋겠다

© 김선영 2020

인쇄일 2020년 4월 27일
발행일 2020년 5월 4일

지은이 김선영
펴낸이 유경민 노종한
기획마케팅 1팀 정용범 **2팀** 정세림 금슬기 최지원
기획편집 1팀 이현정 임지연 **2팀** 김형욱 박익비
책임편집 김형욱
디자인 남다희 홍진기
펴낸곳 유노북스
등록번호 제2015-000010호
주소 서울시 마포구 양화로7길 71, 2층
전화 02-323-7763 **팩스** 02-323-7764 **이메일** uknowbooks@naver.com

ISBN 979-11-969907-7-0 (03810)